내향적이지만 집순이는 아닙니다

**Prologue**

## 내향적이지만 집순이는 아닙니다

나의 성향을 아는 사람들은 내향적인 네가 어째서 집순이
가 아닌 거냐고 묻는다. 그런 질문을 받으면 용수철이 튕기듯
반발하고 싶은 심보가 일어난다. 내성적인 이들에 대한 고정
관념으로부터 자유로워지고 싶었던 나는 활동적인 내향인도
있다고 답했다. 모든 내향인이 집에서 보내는 시간을 선호하는
건 아니다. 비사교적인 성격이지만, 야외에서 하는 활동을 선
호하는 내향인도 있다. 단지 나는 사람들과 어울리는 대신 새
로운 카페에서 책을 읽거나 흥미 있는 전시회에서 작품을 감
상하는 등 혼자만의 외부 활동을 좋아할 뿐이다.

계절의 변화를 한눈에 느낄 수 있는 시골에서 자랐기 때문일까. 아득한 기억 속에는 푸른 나뭇잎과 개울물에 잠긴 바위의 모습이 남아 있다. 그 추억은 내 안에서 자연과 세상을 느끼는 감각을 일깨워 주었다. 분주하게 변화하며 돌아가는 세상은 장난감의 천국이었다. 친구가 없거나 외톨이였을 때도 집 앞마당이나 수풀 속에서 즐거움을 발견하고 내 방식대로 재미있게 놀았다. 넓은 들판과 놀이터를 활개 치며 돌아다니던 꼬마는 자란 뒤에도 집에서 보내는 쉼만큼이나 바깥 활동을 몹시 좋아하게 됐다.

내가 다방면으로 움직이며 활동하는 곳은 집으로 한정되어 있지 않았다. 그간 난 아주 먼 여행을 떠나진 못했지만 매일 새롭고 낯선 공간을 찾아 혼자만의 유랑을 즐겼다. 일하는 날에도 집에서 머물기보다 먼 동네에 있는 카페로 향했다. 점차 그 유랑의 목적지를 조금 더 멀리 상정해 두고 떠난 게 여행의 시작이 됐다. 한 차례 떠났다가 돌아온 뒤에는 어디든 떠날 수 있다는 가벼운 기대를 갖게 된 게 이번 여행이 건네준 감미로운 즐거움이다.

일상을 보내는 방식에서 중요한 건 여행할 때와 같은 감각을 유지하는 것이다. 여행 뒤에 돌아와야 하는 건 일상이기에 자발적으로 생기를 깨울 수 있는 요소를 도처에 만들어 두어야 한다. 반복되는 생활에서 재미를 느끼지 못하면 여행 뒤에 짧은 허무를 느끼거나 또 다른 여행을 도피처로 삼기 쉽다. 여행이 일상을 뛰어넘는 중대한 가치가 되기보다는 삶을 꾸려 나가는 데 보태지는 시간이 되어야 한다.

그간 비슷하게 흘러가는 일과 속에서 무기력을 느껴 왔다. 과연 내가 잘 살고 있는지 의문이 들었다. 내 삶이 남들보다 도태되거나 재미없게 흘러가고 있다는 생각이 들 때는 일정 정도 거리를 두는 게 필요하다는 것을 깨달았다. 내가 재미를 잃고 무료하게 시간을 보낸 원인은 어디에 있는지, 살고 싶은 형태의 삶은 무엇인지에 대한 질문들은 머물던 공간을 떠난 이후에 비로소 시작된다.

일상의 둘레에서 발견하지 못한 것들을 먼발치에서 거리를 두고 보면서 찾을 수 있었다. 여행하는 동안 나를 힘들게 만들었던 질문들을 떠올려 본다. 물론 떠났다는 이유만으로 질문에 대한 답을 찾을 수 있는 건 아니다. 여행이란 고민에 대한 해답을 주는 과정이 아닌 내 안에 있던 질문을 끌어내고 답을 찾을 기회를 제공하는 세계가 되어 준다.

여행 이후에는 삶의 에너지와 활기를 얻기 위해 내 힘과 의지로 움직이고 변화해야 한다는 것을 체감했다. 새로운 경험은 직접 움직이지 않으면 얻을 수 없으며, 우연히 발 닿는 곳으로 향했을 때 뜻하지 않았던 멋진 풍경과 인연을 만날 수 있다. 사진 속에서만 보던 절경을 눈으로 보기 위해서는 내가 그 장소로 찾아가야만 한다.

어딘가로 떠날 적에는 그 과정을 기록하고자 노트와 펜을 손에 쥐었고, 귀한 풍경이나 흘려보내기 아쉬운 시간은 사진과 영상으로 남겼다. 이윽고 집에 돌아와 평범한 하루를 보낼 땐 새로운 여정을 통해 촉발된 감정과 멋진 기억으로 또 다른 시간을 살아 낼 힘을 얻었다.

이 책은 여행 경험이 거의 없는 초보자의 어수룩한 여정을 담고 있다. 나보다 '여행'에 잔뼈가 굵은 경험자들이 많기에 여행에 대한 유용한 이야기나 팁을 전수하려는 목적은 없다. 멋진 여행지에 대한 정보를 기대하며 책을 펼친 누군가에게는 시시한 이야기가 될지도 모른다. 다만 나는 이 책이 여행은 엄두도 내지 못하는 이들에게 작은 바람을 불어넣는 계기가 됐으면 좋겠다. 여행에 대한 막연한 바람을 오래된 쪽지처럼 간직하고만 있던 이에게 '나도 이번 주말에는 어디든 가 볼까?'라는 달뜬 설렘을 줄 수 있는 글로 기억되기를.

　여행은 결코 시간과 돈의 자유가 허락되어야만 갈 수 있는 게 아니며 당장 어디로든 향할 수 있는 사람이 더 먼 곳의 풍경도 꿈꿀 수 있다는 걸 말해 주고 싶다. 날 좋은 어떤 날, 이대로 시간을 흘려보내는 게 아쉽다면 작은 가방 하나 메고 어디든 가 보자. 꼭 캐리어를 끌고 공항으로 가지 않더라도 우리 주변에는 가 보지 못한 곳과 가 보면 좋을 곳들이 도처에 많이 남아 있으므로.

# Contents

## PART 2
## 누구나 지우지 못하는 그리움이 있다

## PART 3
## 떠나야만 비로소 보이는 세계

# 01

낯선 곳에서
마음을 주고받는 일

## 쓸모없는 것들을
## 사랑하는 시간을 가지려고 해

여행 가방에 넣어 가는 책은 내용이 무겁지 않은 것을 선호한다. 춘천으로 향하며 챙겨 간 책은 크리스티앙 보뱅의 〈작은 파티 드레스〉였다. 남해의 어느 책방에서 구매한 책인데, 읽던 페이지에서 이와 같은 문장이 눈에 띄었다.

피로에 절은 사람들을 어떻게 알아볼 수 있을까? 그들은 무언가를 쉴 새 없이 하는 사람들이다. 휴식과 침묵, 사랑이 내면으로 파고들 여지가 없는 사람들이다. 피로에 절은 사람들은 장사를 하고, 집을 짓고, 경력을 쌓는다. 피로를 피하기 위해 그런 일들을 하지만 그러면서 오히려 피로에 빠진다. 그들의 시간에는 시간이 부족하다. 일을 더 많이 할수록 점점 더 적게 하는 꼴이 된다. 그들의 삶에는 삶이 부족하다. 자신과 자신

*사이에 유리 벽이 존재한다. 그들은 멈추지 않고 유리*

*벽을 따라 걷는다.* p.38

　난 버스 등받이에 몸을 기대고 읽던 책을 덮었다. 피로한 눈두덩이를 검지로 누르자 속 안에서부터 깊숙이 올라온 피로가 손끝에 진득하게 배어 나왔다. 내 삶을 보뱅의 문장을 빌려 표현한다면, 광대한 숲과 같이 번진 피로에 장악당한 상태였다. 휴식이나 사랑이라는 단어를 대신하는 건 의무와 무기력이었다. 일상은 요란한 의무로 시끄럽거나 사랑이 배제된 빈방에 홀로 있는 적막한 분위기였다. 상반된 장면을 번갈아 겪으며 지쳐 있었고, 지나치게 조용하여 아무도 없는 두려움에 사로잡혔다. 춘천에 간 이유도 나를 불안하게 만든 소음에서 벗어나기 위함이다. 책을 읽고 글을 쓰기 위해 굳이 다른 지역에 갈 필요가 있느냐고 친구가 물었지만, 누군가에게는 쓸데없는 노력과 시간도 나에게 쓸모가 있으면 된 것이다. 난 책과 글쓰기를 핑계로 자발적인 고립 상태를 원했다.

　내가 묵었던 곳은 '혼자만의 방'이라는 이름의 숙소였다. 음악을 틀어 두지 않고 자연의 소리만으로 주변을 채우는 게 어울리는 곳이었다. 방 안을 살펴본 뒤에 공용 공간으로 향했다. 그곳에는 넓은 서재와 테이블이 있었다. 난 책꽂이에서 읽고 싶은 책을 이것저것 꺼내 왔다. 그날 읽은 책은 임경선의 〈다정한 구원〉과 김져니의 〈나를 아끼는 마음〉. 책을 읽을 땐 끊김 없이 읽히는 것과 내용이 무거운 것을 번갈아 읽는 편이지만, 이날만큼은 단숨에 읽히는 글 위주로 읽었다. 어떤 한 문장 끝에 서서 고민하기보다 빠르게 페이지를 넘기고 싶었다. 자못 깊은 고민에 빠지고 싶지 않은 날의 독서는 고심하게 만드는 문장이 거의 없는 명쾌한 것들 위주로 택한다. 책을 읽다 공감되는 문장을 보면 읽던 것을 멈추고 그 문장에 대한 답문을 이어 가듯 글을 썼다. 그때, 메시지 알림음이 울렸다.

[잠깐 달 보러 나오실래요?]

숙소 사장님의 제안에 밖으로 나왔다. 숲속에 위치한 스테이는 다른 집보다 하늘과 맞닿은 거리가 가까웠다. 맨눈으로 봐도 달의 또렷한 경계선이 한눈에 보일 정도였다.

"달이 참 밝네요."

바깥에는 달을 보러 나온 다른 숙박객도 몇 명 있었다. 우리는 번갈아 사장님이 설치해 둔 천체 망원경을 통해 달을 관찰했다. 완연히 빛나는 달을 보며 같이 있던 모두가 감탄했고, '달이 예쁘네요.'라는 인사를 모르는 이들과 나누는 즐거움도 그 순간을 낭만적으로 만들었다.

달을 같이 본 숙박객들과 공용 공간에서 이야기를 나누었다. 사장님과 친분 있는 웹디자이너분과 출판사를 운영하는 남편, 디자이너로 일하는 아내분이 테이블에 둘러앉았다. 비슷한 업계에서 일하는 분들과의 대화는 흥미로웠다. 모르는 이들과 즐거운 담화를 나누고, 새로운 인연을 맺을 수 있다는 점은 새삼 여행이 주는 색다른 묘미였다. 대화를 나눈 분들은 다음번에 기회가 되면 만나자며 명함을 건네주었다. 서울에서의 또 다른 만남의 기약이었다. 이들을 다시 만나게 될 날의 달은 무슨 빛깔을 띠고 있을까.

난 숙소에 머물며 C를 떠올렸다. 비슷한 듯 다른 취향을 가진 우리는 작가의 꿈과 미래 계획, 책에서 느낀 감상과 미래의 불안에 대한 여러 생각을 나누었다. 그녀가 떠올랐던 건 숙소에 머물다 간 사람들이 방명록에 남긴 글 때문이었다. 그 메모 중에는 친구와 함께 왔다는 내용도 있었다. 별이 보고 싶다는 자신의 말에 친구가 이곳에 오자고 제안했다는 이야기를 눈으로 읽었다. 'C도 이곳에 오면 좋아할 텐데.'라는 생각이 들자 그녀가 무척이나 보고 싶었다. 책 읽는 것을 좋아하는 C, 음악보다는 소음 없는 고요함이 어울리는 그녀와 이곳에서 읽었던 책에 관해 이야기를 나눌 수 있다면 얼마나 좋을까. 난 머릿속으로 C에게 하고 싶은 말을 떠올렸다.

'있잖아. 이번에 온 숙소에서 네가 떠올랐어. 이곳에서 같이 책을 읽고, 밝은 달을 올려다본다면 너도 분명 좋아했을 거야. 네가 지금 내 옆에 있었다면, 난 이른 시간에 잠이 드는 너를 곁에 두고 이 밤이 그리 길지 않으니 조금 더 이야기하자고 졸랐을지도 몰라. 그럼 넌 무겁게 내려앉는 눈꺼풀을 뜨려고 애쓰며 입만 벙긋거리겠지. 난 그런 너에게 새로 읽은 책의 내용이 무엇인지, 요즘 내 마음이 어떤지 하소연을 늘어놓을 거고. 요즘 해야 할 일들은 즐비한데, 아무것도 하고 싶지 않아. 쓸모 있는 일을 하지 못한 채 시간만 허비하고 있어. 그 사실을 자각할 때마다 불안해서 견디기 어려워. 내가 허비한 시간만큼 삶이 허술하고 의미 없는 것들로 채워지고 있다는 생각이 들었거든. 그렇지만 C야. 꼭 우리의 시간이 목적과 의도가 분명한 일, 실용적인 것들로만 채워져야 할까? 매우 쓸모 있는 것, 편리한 것으로만 이루어 가는 게 맞는 걸까? 난 그런 질문을 너에게 건넸을 것 같아. 네가 내 옆에 있었더라면.'

난 그녀에게 하고 싶은 말과 질문들을 아껴 두었다. 우리는 뜨겁게 열애하는 연인처럼 휴대폰 배터리가 과열될 때까지 통화를 하곤 했다. 애써 대화를 이어 가려 노력하지 않더라도 그녀의 질문에 대한 나의 말은 연결 고리가 됐고, 거기에 C가 새로운 체인을 걸어 또 다른 이야기를 만들었다. 그건 취향이 비슷한 이들의 대화가 자연스레 번지는 양상이었다. 난 처음 운을 떼운 이 질문에 대해 C가 어떻게 답할지 떠올렸다.

'넌 말이야. 쓸모가 없는 것들을 사랑해 본 적 있어?'

　과거에는 사랑받기 위해 쓸모를 갖춰야 한다고 믿었지만, 20대 후반을 지나면서부터는 난폭한 시선의 잣대에서 자신을 배제하는 쪽을 선택했다. 쓸모는 타인에 의해 평가되는 부분이었다. 가까운 연인들조차 애정을 담보로 고분고분한 태도와 여성스러움을 요구했고, 늙수그레하게 변하지 않으려면 부지런히 관리해야 한다고 조언했다. 난 그들이 요구하는 쓸모를 충족한 적이 없으므로 사랑받지 못했다. 그들은 '네가 이렇게 해 주면.'이라는 전제로 축복과 사랑을 말했지만, 약속의 결과를 받아 본 적은 없다. 그 이유는 내가 사랑받기에 부적합한 사람이었기 때문인지, 또는 그들이 준비해 둔 사랑이라는 게 애초에 존재한 적 없는 환상이었을 뿐인 건지는 알 수 없었다. 필사적으로 쓸모 있는 존재가 되려는 노력 대신 고유한 존재로 남는 게 낫지 않나. 나의 기능은 오로지 스스로의 욕망과 즐거움을 위해 사용하는 게 옳은 쓰임새라고 여기게 됐다.

　어릴 때 이금이 작가의 〈쓸 만한 아이〉라는 책을 읽었다. 동화가 주는 교훈은 세상에 쓸모없는 존재는 없다는 거지만, 정작 초등학생이었던 나에게는 '꼭 쓸모가 있는 사람이 되어야 하나?'라는 처량한 의구심만 불러일으켰다. 그건 아주 오래전부터 자신의 쓰임이 그리 좋지 않다는 사실을 적확히 알고 있던 아이의 그지없이 쓸쓸한 성찰이었다. 학교에서 뛰어난 성적을 거둔 적도 없거니와 아이들 앞에서 주목을 끌 만큼 주도적인 성격이 못 됐던 나는 쓸 만한 존재인 적이 없었다. 사회에 나온 뒤에도 비슷했다. 쓸모를 기준으로 평가할 때면 대부분 애매한 쪽이었다. 누군가의 잣대와 기준으로 평가받는 일에 진력이 난다고 토로하면서도 아이러니한 건 자신이었다. 나조차 아무 거리낌 없이 어떤 대상을 평가하거나 기준을 나눈다는 것을 자각하며 원치 않는 과오를 저지른 기분이었다. 그건 여행에서도 마찬가지였다. 책을 쓰려는 목적으로 떠났으니 머릿속 한 자리를 차지하는 건 '글로 풀어 쓰기에 적합한 여행 장소 선정'이었다. 난 자주 일정을 만들어 떠났다. 어떤 날에는 내가 여행하러 가는 게 아니라 글을 쓰기 위한 소재를 구하기 위해 미지의 숲으로 향하는 언어 사냥꾼처럼 여겨졌다. 거기서 난 뜻하지 않게 낯선 존재들을 만났고, 죽어 있는 감각을 깨우는 멋진 이야기를 들었다.

이곳에 머무는 동안은 글을 써야 한다는 의무감을 내려두고 좋아하는 책을 실컷 읽었다. 그리고 충분히 잠을 잤다. 잠에서 깬 뒤에는 음악 대신 냇물이 흐르고 새가 지저귀는 소리를 들으며 침대에서 뒤척였다. 춘천에서의 단조로운 일정을 듣게 된다면 누군가는 '거기까지 가서 아무것도 안 했다고?'라고 되물을 수도 있다. 그에 대한 분명한 답을 만들었기에 난 자신 있게 '춘천까지 간 건, 달을 보기 위함이었다.'라고 답할 수 있다. 나에겐 그 시간이 의미 있었기에.

쓸모의 기준은 타인이 정하지만, 나의 필요는 타인의 쓸모와 다른 지점에서 시작된다. 내 마음이 머무는 위치와 보고 싶은 전경, 머물고 싶은 장소가 어디냐에 따라 답은 달라진다. 난 둥글게 차오른 달을 올려다보았다. 그 반짝임을 보는 일로 시간을 마음껏 허비한 짧은 밤이었다. C를 만나면 달을 보러 가자고, 책 대신 달을 보자고 그렇게 말하고 싶다.

**춘천**




## 춘천, 달의 도시


　춘천은 나에게 달의 도시로 기억된다. 마당에서 달을 구경한 날, 방으로 돌아온 뒤에도 넓은 창으로 비치는 하늘을 올려다봤다. 며칠 전 본 달은 창백하고 여위었는데, 다음 날 본 달은 조명등보다 밝게 빛났다. 달빛은 조용한 위로 같았다. 슬픔과 절망, 외로움과 같은 감정이 밀려오는 날, 말없이 어깨를 다독여 준 절대적으로 따뜻한 손길을 닮았다. 의식하지 않으면 모르지만, 늘 밤하늘에 떠 있는 달과 같이 내 곁에는 친구와 가족이 있다. 속닥거리며 이야기를 터놓을 수 있는 이들의 존재가 얼마나 소중한지 모른다. 말하는 입장에서는 숨겨진 속내에 대해 상대가 말없이 고개를 끄덕여 주기를 바라게 된다. 솔직하게 고민을 말하는 게 부끄러운 일이 아닌 '힘들었겠구나.'라는 공감의 답으로 돌아올 수 있기를 바라는 마음. 긴 이야기가 오가지 않더라도 통할 수 있다고 믿고 싶다. 내가 혼자가 아니라는 것을, 누군가와 단절된 게 아닌 연결점을 갖고 있다는 것을 간절하게 확인받고 싶어지는 시기였다.

혼자 있는 시간이 견디기 어려울 땐 벗어나려고 분주히 움직인다. 외로움은 의식할수록 쓸쓸함의 농도가 짙어져서 외부의 다른 요소들로(가령 친구와의 통화나 예능 프로, 중독성 높은 힙합 음악이나 코인 세탁 방에서 돌아가는 세탁기를 멍하니 보는 행동 등) 희석하는 과정이 필요하다. 감정은 일순간 사라지게 만들 순 없어도 완화하는 건 가능하다.

그날은 부러 노래의 볼륨을 높이거나 예능 프로를 보는 대신 달을 봤다. 감정을 억제하려 애쓰거나 피하지 않았다. 어김없이 다가오는 외로움에 휩싸여 C가 떠올랐지만, 전화하지는 않았다. 대신 내가 있던 자리에서 같은 하늘을 올려다봤던 이들이 남기고 간 메모를 읽었다. 때론 사람들이 목적 없이 적어 내려 간 글이 위로가 되기도 한다. 그날 밤의 달빛을 기억하고 싶어서 휴대폰 카메라를 들었지만, 감탄을 자아내게 만든 자태는 사진에 반의반도 담기지 않았다.

다음 날, 늦은 저녁 마을버스는 조용히 운행 중이었다. 잠시 신호에 걸려 정차하였을 때, 기사님의 입에서 감탄 섞인 신음이 나왔다. '오늘 달이 참 밝은데요!' 그 순간, 버스에 타고 있던 서너 명의 시선이 일제히 창밖으로 향했다. 여미한 달이 하늘 높이 떠 있는 자태에 버스에 타고 있던 이들의 입이 둥근 달의 모양으로 벌어졌다. '달이 참 곱네, 고와.'라고 말하는 할머니의 음성이 귓가를 울렸다. 난 버스의 덜컹거림에 따라 고개를 주억거리며 중얼거렸다. '달이 참 예쁘네. 진짜 예쁘네.'하고.

지금 이 시각에 버스와 지하철에 몸을 실은 사람들도, 집 앞에 산책 나온 이들도 둥근 달의 자태를 발견했을까. 이름이나 얼굴도 모르는 이들이 반짝이는 달을 보며 감탄하고 있을 거라 생각하자 마음 한구석이 열기가 오르기 시작한 구들장같이 따뜻해졌다. 지친 몸을 이끌고 집으로 돌아가는 어떤 이가 잠시나마 하늘을 보며 숨통이 트일 수 있으면 좋겠다고 바랐다. 오늘 하루는 진이 다 빠질 만큼 지쳤을지 몰라도 밝게 뜬 달이 마음을 위로하는 작은 브로치가 되어 줬으면 좋겠다고. 그 반짝임이 오늘도 열심히 살아내느라 지친 누군가에게 영광스러운 훈장이 되어 주기를.

누군가 돌탑을
쌓아 놓고 갔다.

어떤 이의 간절한 소원을 품고
넌 거기에 놓여 있을까.

그 소망에 나의 간절함도
하나 보태 두었다.

# 강릉

## 안녕, 강릉

　여행을 갈 땐 맛있는 빵집을 찾아다닌다. 특히 관광지와 동떨어진 위치에 덩그러니 있는 빵집은 방문하기 전부터 낯선 맛에 대한 불안과 기대를 하게 된다. 찾아가기 애매한 곳에서 운영하는 빵집은 대개 물리적 거리의 부담을 이기고 방문할 만큼 맛있는 빵을 맛볼 수 있는 곳이거나 '요즘 빵집이나 카페가 잘된다던데.'라는 소문에 솔깃하여 차린 집으로 나뉜다. 그래서 동전의 뒷면이 나오게 될 확률만치 빵 맛을 기대해 본다. 구매한 빵을 베어 물었을 때 후회 없는 행복감과 만족을 느낄 확률은 1/2. 기대를 능가할 만큼 맛있는 빵을 맛보면 즐거워서 수고를 딛고 이곳에 온 나를 칭찬해 주고 싶어진다.

　불현듯 강문해변에서 먹었던 잠봉뵈르의 맛이 그리워 강릉으로 향했다. 강릉 여행의 시작은 잠봉뵈르와 토마토수프였지만 나를 이곳까지 이끌었던 빵집은 가게 영업을 중단한 상태였다. 닫힌 가게 문을 보며 맥 빠진 한숨을 내쉬었다. 다음 행선지를 생각해 두고 오지 않았던 터라 이동 경로를 정하지 못하여 막막했다. 그곳을 방문했을 적의 기억을 떠올리며 골목을 서성였다. 여행이란 누구와 오느냐에 따라 다른 색감과 향기로 기억된다. 2년 전 여행은 붉게 여문 토마토를 닮은 여정이었다. 뭉근하게 끓인 토마토수프를 먹으며 '수프는 맛있는 거였어!'라고 외쳤었다. 함께 간 친구는 수프 볼을 내 쪽으로 밀어주며 더 먹어도 좋다고 말했다. 당시에 먹었던 수프와 빵을 영영 맛볼 수 없게 된 것에 힘이 빠졌지만, 세상 모든 건 이렇듯 내 기억과 바람대로 일관된 상태를 유지하지 않는다. 조금씩 변주되는 과정을 반복하다 결국에는 사라진다. 그곳은 주인분의 개인 사정으로 더 이상 운영을 하지 않아 대체할 만한 다른 곳을 찾아갈 수밖에 없었다. 새로운 빵집에서 치아바타 샌드위치를 포장해 해변으로 향했다. 근처에 수제 버거로 유명한 가게가 있었지만 희푸른 파도가 부서지는 장면을 보며 먹는 샌드위치의 맛이 더 좋았다. 또 언젠가 강릉을 떠올리는 시점에는 잠봉뵈르가 아닌 혼자 먹었던 치아바타 샌드위치를 떠올릴지도 모른다.

2년 전과 비슷한 동선으로 강릉을 둘러보았는데, 그때 있었던 가게 중 여전히 그 자리에서 나를 반겨 주는 곳도 있었고, 자취를 감춘 곳도 많았다. 매번 원하는 시점에 찾아가면 내가 기대한 모습 그대로 남아 있을 거라 보장할 수 없겠지. 그렇기에 같은 곳이라도 좋았던 장소는 아쉬움이 남지 않도록 계절이 바뀔 때마다 자주 방문하면 좋겠다. 내가 머물렀던 곳이 언젠가 다시 볼 수 없는 그리운 추억이 될지도 모르니까.

불규칙한 속도로 부서지는 파도는 선도하듯 모래 해변을 침범하였다가 다시 물러나는 동작을 반복했다. 그 모습을 보며 생각했다. 과거의 한때가 그리워 이곳에 왔지만, 내가 해야 하는 건 정리하지 못한 과거에 작별을 고하는 일이라고.

미소 지으며 떠올릴 추억을 쌓는 건 살아간 시간을 풍요로운 의미로 수놓지만, 변화에 움츠러들며 옛 기억을 그리는 건 한 장소에 발이 묶이게 만들기도 했다. 난 계속해서 어딘가로 나아가고 있으며, 그 사실을 통해 내가 몸담은 환경이 변화한다는 것을 실감했다. 그 과정에서 지나간 것들을 그리워하는 대신 기쁜 마음으로 흘려보내고 싶었다.

영화 〈원더풀 라이프〉에서는 천국으로 가기 전 사람들이 '림보'에 머물며 일생 동안 가장 소중했던 기억을 고르는 시간을 갖는다. 죽은 자들은 자신이 택한 추억을 재현한 영상이 반복되는 곳으로 떠나지만 살아 있는 자에게는 새로운 경험을 쌓아 갈 시간이 남아 있다. 미련이 남을 만큼 소중하고 애잔한 추억 위에 또 다른 세월이 쌓여 간다. 그게 살아 있는 자들이 누릴 수 있는 특권 아닐까. 죽은 자들이 한 가지 추억만을 선택한다는 건 그 외의 다른 기억들이 잊히는 것을 감안해야 한다는 뜻이기도 하다. 영화 속에 등장하는 타카시는 인생에서 가장 소중한 순간을 골라야 하는 림보의 체제에 의문을 제기하며 추억이 될 만한 기억을 선택하지 않는다. 그가 추억을 고르지 않았듯 나 또한 좋았던 기억을 고르는 대신 보류해 두기로 했다. 앞으로 만들어 갈 경험은 또 다른 빛깔로 덧입혀질 것을 알기에 슬프지 않았다. 마음 깊숙이 가라앉아 있던 추억을 파도에 흘려보내며 과거에 함께 해 준 사람과 시간에 대한 고마움을 전했다. 그 시절보다 더 나은 경험을 만들어 가는 과도기에 난 놓여 있다. 떠난 사람과 지난 추억이 내게 더 이상 영향을 줄 수 없다는 것을 인정하며 그들이 남기고 간 흔적을 헤아렸던 하루.

"안녕, 강릉. 다시 봐서 반가웠어."

그간 이별할 땐 끝이라는 사실에 공연히 슬픔을 느꼈지만, 나로서는 처음으로 웃으며 과거의 강릉과 작별했다. 또 다른 추억을 만들어 갈 수 있다는 기대감이 차올랐다.

정동진의
바다를 봤다.

푸른 하늘과 바다,
소란한 파도 소리가
좋았다.

바라보는 것만으로도
마음이 편안해져서
사람들은 바다를
보러 오는 게 아닐까.

매일 볼 수 있는
풍경을 고를 수 있다면
탁 트인 바다 전망을
고르고 싶다고 생각했다.

강릉


## 낭만적인 동해,
## 정동진의 바다 서점


대체로 어딘가로 가야겠다는 결심은 온축되어 있던 취향을 좇아 형성된다. 어떤 책을 읽거나 누군가와 이야기하는 중 유사한 무드가 감지되면 다함없는 호기심과 흥미가 일어난다. 상대방의 경험에서 나는 무언가를 배우며 새로운 곳으로 떠날 의욕을 얻는다.

나는 긴밀한 우정을 통한 타인과의 지속적인 관계를 중시한다. 서로를 잘 앎이 업신여길 만한 약점으로 전락하지 않고 존중받아 마땅한 것으로 보존될 때 안정감을 느낀다. 시시한 대화일지라도 귀 기울여 주는 이들과의 관계에선 가슴 저릿한 로맨스와는 다른 형태의 여운이 남는다. 유사한 결을 갖춘 이들 사이에서 이해 가능한 그들만의 세상. 우리만 이해할 수 있는 색 짙은 우정은 그렇게 시작된다.

누군가와 절묘하게 다른 의견과 영감을 나누는 것만큼 즐거움을 주는 게 있을까. 여행이란 쉼을 위한 의도적 고립의 목적도 있겠지만 낯선 이들과 접촉하기 위해 이루어지는 경우도 있다. 특히 혼자 가는 여정에서 모르는 사람들과 대화하는 일이 많아진다. 낯선 곳에서 우연히 친구나 연인으로 발전했다는 일화를 들을 수 있듯 여행에는 새로운 연이 시작될 만한 가능성이 내포되어 있다.

발 디뎌 본 적 없던 영역으로 진입하려는 시도는 가 본 적 없는 곳에서 새로운 사람을 만남으로써 시작된다. 자신의 가치관과 나아가는 방향을 분명히 정해 둔 이들과 대화를 할 때면 집중도가 높아진다. 좋아하는 분야에 깊이 몰입하여 말하는 이의 얼굴에선 보기 드문 생기가 이는데, 생동하는 감수성을 보고 있으면 울컥 감정이 치민다. 울고 싶어질 만큼 마음 입구가 찰랑거리는 건 어떤 대상을 조건 없이 사랑할 줄 아는 마음에 대한 시기 어린 연모일 수도 있고, 이전에 내가 생각해 본적 없는 형태의 삶이 가능하다는 것을 뒤늦게 발견했음에 대한 아쉬움 때문일 수도 있다. 새로운 사람들과 대화하다 보면 우정에 관한 여러 질문을 떠올리게 된다. 이 사람과 친구가 된다면 어떨까? 앞으로도 비슷한 관심사를 나누며 교류하는 관계로 발전할 수 있을까? 상대도 나와 같은 마음일까?

무작정 떠난 곳에서 내가 시도해 볼 엄두를 내지 못한 형태의 삶을 이미 살고 있는 이들을 만난 적이 있다. 그 만남은 나로 하여금 혼자 하는 여행이 쓸쓸한 일이 아니라는 사실을 알려 주었으며, 홀로 온 누군가와 이야기를 나눌 때의 참신한 기쁨을 깨닫게 해 주었다. 그들은 나에게 그간 어떤 곳을 다녔고 무엇을 느꼈으며, 어디로 가고 싶은지 이야기해 주었다. 주변에선 보지 못했던 방식으로 삶을 꾸리는 이들은 자유롭게 생활을 향유했다. 그 부지런한 행복이 무력한 내 마음에도 자극을 주었다.

떠나 보면 마음속에 일던 풍경과 실제가 어떻게 다른지 알 수 있다. 지나치게 기대가 높았던 곳은 희미한 잔상으로 남았다가 가뭇없이 사라지지만 곰곰이 떠올리고 싶을 만큼 좋았던 곳엔 어김없이 좋은 사람들이 있었다. 어쩌다 보게 된 전경과 사람이 각인되면 한 번 다녀온 것으로 족하지 않고 다시 찾고 싶은 장소로 남는다. 나에게는 정동진이 그러했다.

정동진의 영화 서점에서 참여한 프로그램은 작품을 감상하며 이야기 속에 등장하는 음식을 먹는 모임이었다. 내가 선택한 영화는 〈한여름의 판타지아〉였다. 영화 상영 전 서점에 대한 간단한 소개가 이어졌다.

"다들 서점을 하며 좋아하는 영화를 볼 수 있는 삶에 대해 즐거울 것 같다고 말씀하시는데, 현실은 마냥 그렇지만은 않아요. 서울에서 이곳에 오기 위해 포기하거나 타협 본 것들도 있는데요. 제가 서점을 열게 된 건 하기 싫은 일을 멀리하기 위한 선택이었어요. 싫어하는 것을 멀리하기 위해 노력하다 보니 좋아하는 일에 가까워진 거죠."

카모메 식당의 대사를 인용하며 여자 사장님은 싫어하는 일을 멀리하는 삶을 추구하고 있다고 답했다. 몇 년 전부터 서울이 아닌 다른 지역에서의 삶을 꾸려 갈 계획을 세워 왔고 여러 지역을 물색하던 중 강릉, 그중에서도 정동진을 오게 됐다고. 하기 싫은 일을 멀리하기 위해 할 수 있는 일을 찾고, 좋아하는 영화와 책을 가까이할 수 있는 분야의 직업을 선택하게 됐다는 말은 내가 바라는 일상과 닮아 있어 와 닿았다.

독립영화, 아니 영화를 보는 자체가 오랜만이었다. 스크린을 응시하며 부푼 기대를 안고 기다리는 일도, 사장님이 좋아하는 여성 감독의 이름이 새겨진 의자에 앉는 것도 색다른 설렘이 있었다. 이 감정은 내가 놓인 환경과 시간 자체가 비이성적이며 이상에 가깝다고 느꼈기 때문이리라. 서점으로 오는 길, 해변을 걷던 순간을 떠올렸다. 고운 입자의 모래에 발이 푹푹 빠질 때의 밀도감, 수월할 만치 힘에 부치는 걸음이 좋았었다. 문득 시선을 돌리면 보이는 풍경과 소리도 내면을 평온하게 만들었다. 화창한 날씨를 뒤로하고 어두운 공간에 모여든

이들이 같은 영화를 보는 상황도 흡족한 기쁨이 있었다. 〈무지개 곶의 찻집〉이라는 소설이 연상되는 낭만적인 서점에 대해선 단숨에 호감을 느낄 수밖에 없었다.

〈한여름의 판타지아〉는 일본의 고조라는 마을을 배경으로 한 영화로 1, 2부로 나누어진다. 1부는 흑백 영상인데 쇠락한 마을을 지키는 노인들이 인터뷰를 하는 장면이 나온다. 2부에서는 배우를 꿈꾸는 혜정이 홀로 일본에 와서 유스케라는 청년을 만나게 되는 짤막한 이야기가 나온다. 기억에 남았던 장면으로 내가 꼽았던 건 유스케와 혜정의 대화였다.

"고조는 와 보니까 어때요?"

"아무것도 없어서 좋았어요. 저한테는 그런 시간도 필요했어요."

영화 속 혜정을 보며 서점에 오기 전 들렀던 짜이 카페가 떠올랐다. 그곳에서 사장님은 자신의 인도 여행기를 들려주셨다. 그녀는 삶의 의욕을 잃었던 시기에 떠난 여행에서 무언가 찾을 수 있을 거라 기대했지만 바랐던 것을 찾지 못하고 한국에 돌아왔다고 말했다. 예컨대 떠날 수 있는 용기란 지금 상황을 견디기 힘들거나 또 다른 변화를 도모하고 싶은 간절한 마음에서 일어난다. 휴양지로 떠나는 여행이 아닌 이상 다른 곳으로 떠날 적에는 간절함이 기반 되지만 무언가를 열망하는 마음은 여정의 족쇄가 되기도 한다. 혜정이 배우로서 갖고 있던 고민의 답을 찾으러 떠난 여정도, 인도로 덜컥 떠났던 짜이 가게 사장님도 오히려 무언가를 얻고자 하는 마음 자체를 상실하고 돌아왔다.

나 또한 떠나기 전에는 이런저런 바람을 가졌지만, 아무것도 없는 그 자체로도 현재에 몰입할 수 있는 듯하다. 어떤 과정을 통해 변화나 성장을 도모할 수 있지만 그 경로가 무언가를 얻기 위한 수단으로만 작용한다면 삶 전반의 모든 일이 실효성에 의해서 좌우되고 말 것이다.

혜정의 표현을 빌려 말하자면 어떤 재료를 찾기 위해 일본으로 떠나왔지만, 과연 그녀는 그곳에서 답을 얻었을까. 아니, 답을 찾으려는 강박과 부담을 버려도 괜찮다는 가벼운 마음을 대신 얻지 않았을까. 어떤 것은 너무 간절할수록 멀어지고 움켜잡으려 할수록 손아귀에서 멀리 벗어나고 만다.

## 강릉

**저기요,
괜찮으면 친구가 되어 줄래요?**

영화 서점은 외국의 작은 소극장과 닮았다. 채도가 높은 노란색과 파란색으로 칠해진 외관은 극장 나들이를 오는 사람들의 설렘을 닮은 색감이었다. 간판은 자석으로 만들어져 시즌이 달라질 때마다 상호를 조금씩 바꾼다는 말을 전해 들었다. 여름에는 여사장님이 좋아하는 영화, 〈it's summer film〉으로, 겨울에는 X-mas라는 글자가 부착된다고 한다. 간판이 바뀌면 또 다른 가게를 들어오는 듯한 분위기가 풍기겠지. 벌써부터 새로운 간판을 달고 손님들을 기다릴 서점의 모습이 기대가 된다. 다른 계절의 정동진을 와야 할 이유가 이렇게 더해진다.

두 번째 날에는 서점에서 강릉의 지역 영화를 보는 프로그램에 참여했다. 이번 타임에서는 참여자가 나를 포함한 두 명이었다. 다큐 형태의 짧은 영화를 본 뒤에는 강릉의 초당 순두부로 만든 크림수프와 토마토, 가지, 버섯을 넣은 샌드위치를 먹으며 이야기를 나눴다. 영화에 대한 의견을 주고받은 뒤에도 남은 샌드위치를 먹으며 옆자리에 있던 여자와 대화를 이어 갔다.

"저는 여행지에서 일상을 살아 보는 걸 좋아해요. 일상 여행자로 살게 된 건 체코 여행이 시작이었어요. 국내에는 가 볼 만한 곳이 없다고 생각했는데, 관심 갖고 찾아보니 매력적인 공간뿐 아니라 살롱 문화를 조성하는 젊은 청년들의 움직임이 지역 곳곳에 있다는 것을 알게 됐어요. 그 뒤로 국내 여행도 많이 다니고 있어요."

여자의 눈은 가지 끝에 돋아난 새순과 닮은 기운을 뿜어내고 있었다. 말 사이를 연결 짓는 연둣빛 감탄사가 돋아나면 따라 웃었고 어떤 대목에서는 고개를 끄떡였다. 이런 삶과 여행도 가능하다는 것을 생각하게 만드는 대화였다. 나도 조금 더 과감하게 이전과는 다른 방식으로 여행을 해 보는 건 어떨까 하는 상상도 했다. 나를 아는 이가 없는 낯선 마을에서 새로운 시작을 그려 보고 싶은 마음이 들었다.

관심사의 교집합이 맞물리면서 즐거운 담화가 이어졌다. 난 여자와 가까워지고 싶다는 열의를 느끼면서도 즐거운 여운을 이대로 남겨 두고 싶었다. 인간적인 호감을 느낀 이를 만날 땐 친구가 되기를 자처했던 적도 있지만, 지금은 신중하고 조심스럽다. 성마르게 거리를 좁히는 건 상대에게 부담으로 느껴질 수 있다는 점을 의식했기 때문이다.

물론 일방적인 연락에 대한 회의와 지친 마음도 한몫했다. 한 사람의 노력만으로 유지되는 관계란 노력하던 이가 손 놓아 단념하면 언제든 끊어진다. 난 한 꺼풀 꺾인 관계에 대한 의욕과 망설임으로 인해 친구가 되고 싶다는 말을 애써 삼켰다.

영화와 책, 여행을 좋아하는 여자의 꿈은 내가 바라는 삶의 형식에서 크게 벗어나지 않았다. 내가 읽은 책은 이미 그녀가 읽었거나 읽는 중이었고, 감명 깊게 봤다는 영화는 언젠가 보겠노라 생각하며 목록에 끼워 둔 작품이었다. 그녀와 대화를 나눌수록 이야기를 주고받을 동료를 원했다는 걸 실감했다.

결이 비슷한 사람과의 대화는 탁구공이 탄력 있게 튀어 오르듯 이쪽에서 저쪽으로 주거니 받거니 이어진다. 네트에 걸려 공이 바닥으로 굴러떨어지는 것처럼 텐션이 빠르게 떨어지거나 할 말을 찾지 못하여 비는 공백 없이 빛나는 시간이었다.

여행을 떠나게 된 건 일상을 살아가는 감각을 회복하기 위함이라고 여자는 말했다. 겁 없이 사랑하는 공간을 찾아 떠나는 모습을 보며 난 더욱 먼 곳에서 처음 만나는 사람들과 '오늘 이곳의 날씨는 서울과 달리 화창하네요!'라고 인사할 수 있기를 바랐다. 생동하는 시선을 통해 그녀가 눈에 담아 본 계절의 변화를, 여행지가 일상이 되었을 때의 안온함을, 본래 나의 집을 두고 떠나 새로 꾸린 생활에서 느끼는 생경한 자유를 음미했다. 여자가 언급하지 않은 더 많은 경험 속에는 내가 알지 못하는 무수한 이야기가 담겨 있으리라.

사람은 저마다 고유의 결을 갖고 있다. 그 결이 잘 맞는 사람을 만나면 본능에 가까운 반가움이 앞선다. '그 책 좋아하는데!'라거나 '어머, 저도 얼마 전에 갔어요.'라는 말을 하며 제자리에서 발을 동동 구를 적에는 왜 우린 이제야 만났나 싶은 운명적인 친밀감을 느낀다. 여자와 난 각자의 시선으로 본 동해 바다와 영화를 마음속에 담아 두고 떠났다. 언젠가 또 보자는 인사와 함께.

시간이 흐른 뒤 다시 서점을 방문하면 그녀와 같은 영화를 보게 되는 반가운 우연이 생길지도 모른다. 그땐 여자와 어떤 이야기를 나누게 될까. 비슷한 결을 가진 이들의 대화에선 공감과 생기가 흘러나오기에 부드러운 마음을 샌드위치 빵처럼 준비해 두어야 한다. 난 그 언젠가 있을지 모를 대화를 뭉근히 그렸다. 그 마음에 새로운 이야기를 끼얹어 음미할 수 있도록 미리 준비해 두는 것이다. 기약 없는 만남이 또 이어진다면 그 땐 우리, 친구가 되지 않을까.

그때 들었던 곳도 궁금한데, 언제 가는 게 좋을까?

여행 중에 새로운 여행을 기약할 때가 있다.

이 지역은 여름에 볼거리가 더 많아요.

다른 계절에도 와 보세요.

네. 다음에 또 올게요.

밥을 먹으며 식후 디저트를 고민할 때처럼

여행하면서 다른 여정을 계획할 때의 설렘이 좋아.

## 때로는 삶이 더
## 문학 같을 때가 있어

어떤 선택에는 가타부타 많은 이유와 거추장스러운 명분이 필요하지 않다. 외출할 땐 활동하기 편한 옷에 손이 가듯 선호도와 취향, 그 시기의 관심사 등에 따라 마음이 끌리는 쪽에 가까운 걸 고른다. 편안하거나 좋은 감정은 수치로 표현하기 어려운 주관적인 영역이라 정답은 없다. 단지 심안으로 나만의 답에 가까운 것들을 골라 취하는 게 아쉬운 선택을 곰곰 반추하는 일을 줄이는 방법인 듯싶다.

여행지를 고를 때도 마찬가지. '가 보고 싶어.'라는 말이 팝업 카드의 입체 도안 이미지처럼 톡 떠오르는 곳으로 향한다. 직관적으로 그 지역에 끌리는 이유는 여러 가지다. 대개 그 답은 혼자만의 경험과 취향이 섞여 있어 다른 이들이 납득할 만한 이유가 아닌 경우도 많다. 내가 공주에 가게 된 건 구황 작물 중에서도 밤을 특히 좋아한다는 이유 때문이었다.

놀랐던 건 의외로 공주에서 내가 기대한 형태의 밤(군밤)을 본 일이 드물다는 점이다. 스토브나 드럼통 형태의 기계에서 구워 낸 군밤, 표면이 검게 그을린 밤 무더기는 밤의 도시에서는 심심치 않게 만날 수 있으리라 예상했다. 그러나 시장에서조차 군밤은 찾을 수 없었고 나를 반긴 건 생밤뿐이었다.

한은형 작가의 〈우리는 가끔 외롭지만 따뜻한 수프로도 행복해지니까〉에서는 '귤 떼'라는 표현이 나온다. 그 말을 떠올리면 산뜻한 과즙을 품은 귤이 연상되어 기분이 좋다. 저자는 귤이 잔뜩 실린 트럭 앞을 지나치지 못하여 어김없이 사 버리게 된다고 서술한다. 트럭에 가득 담겨 있는 귤도 맛있지만, 떠올렸을 때의 모습이 갸륵하여 마음이 완만해지는 건 '밤 떼'가 아닐까. 물론 내가 지나치지 못하는 건 군밤을 파는 노점이다 보니 멋대로 만든 주장처럼 보일 수도 있겠다.

공주에서 밤 떼를 볼 수 있으리라는 낙관적 예상과는 다른 현실에 김이 팍 새 버렸다. 아쉬운 대로 밤을 활용하여 만든 디저트와 빵을 맛보았지만 만족스럽지 않았다. 대개 공주에 있는 밤 빵에는 팥앙금이 들어가 있어 충분히 밤 맛을 느낄 수 없거나 앙금의 비중과 힘이 과도하다는 인상을 받는 맛이었다. 유독 좋아하는 음식과 관련해선 고바우가 돼 버리는 까탈스러운 사람으로서 푸념을 좀 더 이어 가 보자면, 공주는 밤의 도시라 불리지만 밤을 선두로 하는 음식이 별로 없었다.

구황 작물 중에서도
밤을 좋아한다.

사실 다 좋음~

여행지를 공주로
정한 것도
밤 때문인데,

여긴 밤을
이용한 음식도
많겠지.

밤 축제
기간 아니면
안 팔아요.

혹시 군밤
있나요?

시장 어디에서도
군밤을 찾을 수
없었다.

반대편
골목으로 한 번
가 봐요.

군밤 파는 곳은
없을까요?

간절~

하지만 그곳에도
군밤은 없었다.

생밤은
팔아요.

공주에서
밤식빵, 군밤
같은 걸 실컷
먹고 싶었는데.

이건 밤을 진정으로 좋아하고 자주 먹는 사람이 '밤의 고장'에 대해 갖고 있던 기대치가 남들보다 높기에 일어나는 과잉 반응일지도 모르겠다.

그와 별개로 공주에서는 생각하지 못했던 뭉클함을 느꼈다. 그건 곤궁한 마음속 뜻밖의 고마운 사건이었다. 갑작스럽지만 한 가지 고백하자면, 난 그리 이타적인 사람은 아니다. 마음의 둘레는 시간이 지날수록 잘못 빨아 줄어든 옷과 같이 작아졌고, 타인을 품는 일에 서툴렀다. 이미 짐으로 들어찬 가방에 정작 중요한 물건을 넣지 못해 난감한 여행 전날의 모습같이 난 내 사정에 집중하느라 곁에 있는 이들의 슬픔에 둔감하게 반응했다. 나이가 들어갈수록 사적인 일에 골몰했고 자주 눈물이 차올랐다. 억울해서 울었고, 분해서 울었고, 지난날 나의 모습이 애틋해서 눈물지었다. 자신의 과거를 돌이켜 보는 건 지난 시간 속의 나와 화해하는 기회를 주었지만, 누군가를 헤아리는 힘을 약화시켰다. 대부분의 시간 속 나는 내 앞에 놓인 문제와 불분명한 미래, 순항한 적 없는 연애 따위가 우선순위에 있었다. 타인과의 적절한 거리를 유지해야 한다는 강박과 상대가 부담을 느낄지도 모른다는 두려움은 나를 더욱 고립된 개인주의자로 만들었다. 외로웠지만 속 편했고, 이 장벽 너머에 아무도 없을 거라는 생각에 겁이 났다. 그렇지만 지금 상태를 유지하는 게 최선이라 믿었다. 난 나를 지키고 싶었다. 나

자신이 하찮게 느껴지면서도 가련했으니까.

공주에서 묵었던 두 번째 밤, 잠이 오지 않아 걷던 중 무인 책방을 발견했다. 그곳에는 앞서 다녀간 이들의 메모가 가득했다. 그 기록을 읽으며 나 아닌 타인의 이야기에 미소 지었고, 이내 눈가가 붉어졌다. 비어 있어서 가볍고, 거리낄 게 없으니 속 편하다고 여겼던 내면이 무겁게 차오르는 기분이었다. 그건 성가시고 버거운 무게감이 아닌 마음의 중심부를 지그시 잡아주는 안정감과도 같았다.

> 책방에서 내 글을 보는 사람이 몇이나 될까? 이 글은 기록의 목적이 아니니 휘발되고 말 테지만 이곳에 방문하는 사람 중 누군가가 읽어 주면 좋겠다. 나를 모르는 사람들이나마 책방 어딘가에 숨겨진 속내를 읽어 준다면, 유효 기간이 짧은 이 글이 영 의미 없는 메모가 되진 않을 거다. 이곳에 다녀간 이들은 나를 닮았다. 모두 나처럼 책과 글을 좋아한다는 것을 느낄 수 있다. 그들이 남긴 기록에 난 위로받고 미소 짓는다. 이렇게 살다간 평생 혼자 외롭게 살 거라고 누군가 그랬지만, 뭐 어떤가. 여긴 나와 같은 사람들이 많은 것 같은데?
>
> - 2022년 11월. ○○

시선이 머무는 곳마다 모양과 크기가 제각각 다른 글씨로 적힌 문장들이 있었다. 그 안에는 전하지 못한 본심과 지지부진하게 느려진 걸음을 닮은 이야기가 깊수룸하게 담겨 있었다. 친구와 귀엣말을 나눌 때 같은 친밀한 속삭임이 나를 다음 메모로 이끌었다. 책방에 머물렀던 사람들의 기록에는 다정한 진심이 담겨 있었고, 고별하지 못하고 매어 둔 미련도 엉켜 있었다.

만나 본 적도 없는 이들의 글이 이상하게 낯설지 않았다. 메모 옆에 나란히 붙은 다른 메모, 다시 몇 년 전 메모 위에 덧붙여진 근래의 메모로 이어지는 말들은 친구와 휴대폰 표면이 달아오르도록 열띠게 나누던 수다를 닮았다. 난 얼굴을 모르는 이들의 이야기에 귀 기울이다가 나의 속내도 꺼낼 용기를 얻었다. 책방에 머물렀던 사람들의 얼굴을, 아니 그들의 마음을 그려 보았다. 마음도 글씨만큼 다양한 모양새를 지녔다는 사실을 발견할 때면 난 조금 더 신중해진다. 나의 마음도 날마다 모양이 어그러지고 크기와 색깔이 달라지는데, 다른 이들의 생의 형태가 일관적으로 유지될 리 없다. 완벽한 형태의 원이 실제 하지 않듯 흠결 없는 마음을 유지하는 자가 있을 수 없다는 건 절망 중 다행스러운 위로가 아닐까. 모두가 완전무결할 수 없는 조건에서 만드는 약간의 착오와 실패는 모난 곳을 다듬거나 재단하는 절차이자 더 나은 변화를 위해 거치는 평범한 기회가 된다.

그곳에서 본 마음의 모양은 한없이 다양했다. 한쪽 귀퉁이가 뾰족한데 반대편은 완만한 곡선으로 이어져 엎어 둔 아이스크림콘 형태를 지닌 것, 단정하게 다듬어 깎은 사과 모양과 육각형 눈의 결정을 닮은 복잡하고도 아름다운 마음과 대면하기도 했다. 혹은 도로 전광판과 같은 반듯한 테두리를 지닌 것도 있었다. 어떤 이의 뒤편에는 그림자가 길게 드리워졌고, 깊고 험준한 내면을 밝힐 빛이 필요한 사람도 있었다. 함축된 단어와 문장에 담긴 온갖 의미가 여러 겹으로 포개어져 읽힐 적에는 어렴풋이 보이는 윤곽만으로 상대를 헤아릴 수 있을 것만 같았다. '나도 그 기분 아는데.'라거나 '나만 그런 기분을 느낀 게 아니군요.'라고 중얼거렸다. 그건 내가 이미 거쳐 온 생각이거나 비슷한 고민을 가진 이들에 대한 깊은 공감의 표현이었다. 그들의 글 속에서 나의 감정은 잃어버린 펜던트 조각의 절반이 들어맞듯 일치했다.

이 글을 쓴 이들은 내가 글을 읽은 줄 모르겠지. 난 이들을 알지 못하고 그들도 나를 알지 못하지만, 서로가 '앎'이라는 올무에서 벗어나 있으니 알은척 넘겨짚는 참견과 이해를 가장한 위선도 존재하지 않아 오히려 진솔해질 수 있다. 어디에서도 말하지 못할 속내를 처음 와 보는 책방에 터놓고 가는 여행객들 사이의 동질감은 이

*공간에 의미를 더한다. 단순히 책을 사는 서점이 아닌 읽기가 쓰기로 발전되는 곳. 이 서점에서는 다이어리를 써 본 기억이 가물가물한 사람도 무언가를 끄적거리는 낯선 자신을 발견하게 된다.*

이 책방에선 많은 이들이 쉬어 갔다. 책방의 마스코트 역할을 도맡은 치즈색 길고양이가 이따금 허기진 배를 채우기 위해 어슬렁거리고, 낯선 골목을 거닐며 자신만의 지도를 넓혀 가던 여행자가 방문하여 뜻밖의 영감을 얻는다. 나 또한 지금 아무도 없는 서점에 혼자 있다. 난 책을 넘기던 손동작을 멈추고 빈 종이에 글을 써 내려갔다. 이곳에서는 쓰는 기적이, 그리웠던 기억을 촘촘한 뜰채로 조심스럽게 뜨는 일이 일어난다. 잊혔거나 모른 척하고 있던 단어들이 심연에서 모습을 드러내면 내 손은 더욱 바빠진다. 새벽의 부지런한 어부가 된 나는 어설픈 솜씨나마 내면을 길어 낸다. 누군가 잡아 둔 말들은 내 것과 비슷하기도 하고 전혀 다르기도 했다. 모두가 저마다의 이야기와 단어를 꺼내어 전시한 서점은 유독 새벽이 잘 어울린다. 신선한 해산물을 얻기 위해 새벽부터 수산 시장을 찾아가듯, 누군가 글을 적어 내려가던 때의 사적인 감수성을 느끼기엔 밤과 새벽이 알맞다. 난 이곳에서 '그리움'이라는 단어의 아가미가 들썩이는 모습을 보았고, 자유라는 단어의 파닥거리는 요동을 목격했다.

오래전 익명의 누군가가 남겨 두고 간 편지의 모서리가 닳아 있거나 글을 쓰던 이가 속절없이 흘린 눈물로 얼룩진 문장에 시선이 머물던 밤. 이 책방에 들어온 당신도 이 자리에서 내가 본 이 글을 곱씹어 읽지 않을까. 이곳에 다녀간 사람들의 흔적이 짓무른 상처와 같이 마음을 건드려서 조금 울지 않을까. 사레들려 쉬이 넘겨지지 않는 문장을 뇌까리며 어느새 뭉툭한 연필을 손에 쥐지 않을까. 지금의 내가 그렇듯.

어느새 난 메모지 위에 뒤늦은 답장을 써 내려가듯 글을 썼다. 고백할 엄두를 내지 못했던 것들을 터놓을 수 있었던 건 이곳에 남겨진 글 덕분이었다. 수많은 이들의 내밀한 속내가 책방 안에 비치된 책들보다 많았으므로 나의 목소리를 내는 일이 겸연쩍은 수치로 여겨지지 않았다. 누군가 읽게 될지도 모를 부끄러운 소회지만 오가는 이들 중 한 명이라도 공감하거나 설핏 웃으며 끄덕일 정도면 좋겠다. 내가 쓴 메모는 선반 안쪽에 붙여 두었다.

돌아가는 길, 흐트러져 있던 연필과 볼펜을 한곳에 모아 두고, 구겨져 있던 쿠션의 볼륨을 매만진 뒤 가게 문을 단단히 걸어 잠갔다.

내가 남긴 기록을 뚜렷하게 정의 내리기는 어렵지만, 적어도 오래 고민하고 품어 왔던 것만은 분명하다. 누군가를 향한 끊어지지 않는 그리움을 유약한 내면이 보내는 이상 신호로 여겨 부정하려 한 적도 있었다. 아직도 마음을 추스르지 못했느냐는 안타까운 반문이나 모든 건 결국 시간의 문제라는 천편일률적인 위로에 아무 말도 못 할 때 난 그 단어들을 더욱 단호하게 거부했다. 그러나 오늘만큼은 '사실 많이 보고 싶다.'라는 말을 적었다. 내가 쓴 글을 그곳에 남기고 나오니 홀가분했다. 밤은 찬데, 달은 하얗게 밝아서 하늘을 올려다보는 내 속눈썹에도 투명하고 작은 달이 맺혔다. 혼자인데도 누군가 옆에서 어깨를 도닥여 준 것 같아 굽어 있던 어깨를 씩씩하게 폈다.

## 침묵의 여행을 택하는 이유

일상의 권태를 벗어나기 위해 떠나더라도 머리로는 집을 그리워하거나 중요한 업무 걱정에 골머리를 앓으면 그 여행은 안락한 쉼이나 추억으로 남기 어렵다. '역시 집 떠나면 고생'이라거나 '돈만 축냈다.'라는 정도의 감상으로 그치는 여행을 진단하면 몸과 마음이 전혀 다른 곳에 있는 상태로 계획한 일정만 충실히 따랐기 때문이었다.

어른이 될수록 하고 싶지 않은 일을 견디며 혼탁한 정신으로 시간을 흘려보내는 데 능란해진다. 사회생활에 적응하려면 자존심 정도는 집에 두고 와야 한다는 어떤 리더의 조언에 따라 몸과 마음을 나누어 관리하는 게 올바르게 살아가는 증거라 말할 수 있을까. 물정 몰라 하는 말인지 몰라도 일정 부분 마음의 자유를 허용하여 원하는 방향으로 몸을 움직일 필요가 있다고 생각한다.

내가 아는 사람 중 직관적인 영감에 예민하게 반응하며 마음의 바람을 실제 결과로 만드는 일에 J만큼 능통한 사람은 없다. 어째서인지 난 마음이 심란하면 나무를 다루는 J의 뒷모습을 보았다. 상념과 고민으로 거칠어진 마음 표면을 J의 사포질로 매끈하게 다듬을 수 있을 것만 같았다. 난 J가 만든 투박하지만 튼튼한 나무 의자에 앉아 그녀의 작업대 위에 마음을 올려 두는 상상을 했다. 옻칠하기 위해 울퉁불퉁한 나뭇조각을 다듬는 J의 단단한 팔과 부지런한 움직임을 눈에 담으면서.

J는 종류가 다른 나무의 향기와 질감을 느끼며 작업하는 일에 흠뻑 몰입했다. 공구나 장비를 다루고 도면을 그리는 법을 차근차근 배워가며 손기술이 느는 일, 나무를 자르고 깎고 다듬는 작업이 능숙해짐에 따라 거칠어지는 자신의 손을 보는 순간이 즐겁다고 했다. 아프지 않느냐고 묻자 J는 고개를 가로저었다. '나무의 표면과 비슷하게 닮아 가는 내 손이 좋아.' 그 말을 할 때의 평온한 얼굴을 난 좋아했다.

어느 겨울, 땔감을 모아 오듯 걱정거리를 안고 J를 찾아갔다. 그 시기에 나는 공모전에 떨어진 원고를 투고하는 일에 지쳐 있었다. 수상을 하지 못한 것에 대한 속상함과 결과에 적의가 있었지만, 마음을 겨우 추슬렀다. 출간이 꿈이자 목표였던 시기를 지나 몇 차례 책을 낸 뒤로는 글쓰기에 대한 재능을 고민하지 않았다. 내 글을 읽어 줄 독자분들이 있다는 자신감을 갖게 되자 작가로서의 재능이 없다는 불안도 잦아들었다. 내가 계속해서 해야 할 일은 한곳에서 무겁게 앉아 쓰는 일에 매진하는 것이었다.

그러나 그 문제는 다혈질적인 내면에서 신경 끄고 넘길 수 있는 일이 아니었다. 내 안에서 '네 글은 시시하고 재미없어.'라는 속삭임이 커져 갔고, '공모전에서 수상하거나 등단하지 못했다.'라는 흑색 매듭이 나를 옥죄었다. 그런 불안을 안고 J를 찾았던 건 그녀의 기질 덕분이었다. 난 J와 함께일 때 내가 지닌 고민이 가벼워지는 걸 느꼈다. 현실적인 문제에 부딪혀 계획을 포기하고 싶거나 합리화하고 싶은 시기에도 그녀는 나의 헐거워진 마음을 단단하게 쪼여 주었다. 난 그 안정감에 기대어 불안을 해소할 지혜를 구했다. 대중적인 작가가 되려면 등단하거나 공모전에서 수상하여 공식적 인정을 받아야 한다고 토로하자 J는 별다른 답이 없었다. 난 그녀의 침묵이 의미하는 바를 멋대로 해석했다. J도 내 생각에 동의하는 걸 거라고.

처음 내가 국내 여행책을 쓴다고 했을 때 어떤 이들은 국내에 다닐 만한 곳이 어디 있느냐며 주제가 고루하다고 했다. 국내 여행기가 독자들의 흥미를 이끌 수 있을지 모르겠다는 염려를 전하기도 했다. 새로울 것 없는 주제, 참신하지 못한 발상과 고루한 문체의 조화로 난 평가 선상에서 아웃되었다고 자조

했다. 여러 가지 상념에 젖어 자못 심각하게 안색을 일그러뜨리는 나에게 J가 물었다.

"내가 너에게 지금의 생활을 벗어나 여행을 다녀 보는 게 어떠냐고 제안했던 거 기억해? 그때 넌 늘 비슷한 답을 했었지."

J의 제안에 난 경제적 여유도 없을뿐더러 회사 생활과 원고 마감에 치여 여행은 가당치 않다며 답했다.

"내 권유에 떠나지 않던 네가 지금은 자발적으로 이곳저곳 다니고 있어. 그게 다가 아니야. 공모전에서 기대한 결과를 얻지 못했다는 것에 좌절하던 네가 계속 글을 쓰고 있지. 이게 뭘 뜻하는 것 같아?"

J는 그 말 뒤에 '네 마음이 원하는 방향으로 가면 돼. 결국 넌 하고 싶은 일을 기어코 해낼 걸 알아.'라고 덧붙여 말했다. J의 말대로 내가 원하는 걸 반드시 이룰 거라고 확신할 수 없었지만, 그 순간만큼은 그녀의 말을 믿고 싶었다. J의 말은 나의 불완전하고 결함 많은 마음이 깨어지지 않도록 균열을 메워 주었다.

J는 도면을 그리던 종이 위로 시선을 돌렸다. 집중하는 J의 몸은 작은 작업장 안에서 부지런히 움직이고 있었다. 마음이 원하는 방향을 알고 그 지점을 향해 나아가는 모습에서 안정감이 느껴졌다. 섬세한 손길로 나무를 다루는 J는 거칠어진 마음 표면을 부드럽게 다듬는 일에도 능숙했다. 난 J의 말에

무거운 짐을 내려놓고 몸을 일으켰다. 가고 싶은 곳으로 떠나고 느낀 것들을 써 내려가기 위해서. 그녀는 도면 위에 새로운 선을 그으며 이젠 어디로 떠날 거냐고 물었다. 난 굽어진 허리를 유연하게 펴며 대답했다.

'때마다 다르겠지만, 그 순간에 제일 가고 싶은 곳.'이라고.

대전

## 책과 빵과 책의 도시 1

여행할 땐 책, 빵, 주인장의 취향이 묻어나는 공간이 있는 곳 위주로 향한다. 주인의 각별한 애정이 담긴 책방이나 정성 들여 만든 빵을 판매하는 가게 등 그곳만의 문화를 주체스러울 만큼 유지하는 모습을 좋아한다. 쓰레기 배출 최소화를 위해 노력하는 제로 웨이스트 카페, 육류 소비를 줄여 환경 개선을 위해 힘쓰는 비건 식당, 지역의 창작자를 기르는 동네 서점이나 역사적 발자취를 따라 걸을 수 있는 구시가지 등에 관심을 기울이고 찾는다. 이런 공간에서의 경험은 곧 그 지역과 마을에 대한 인상을 결정짓는다.

지역의 특색이 살아 있는 유적지나 랜드마크가 거의 없는 -있다 해도 그곳에서만 얻을 수 있는 경험이 모호해진- 요즘은 여행의 방식이 달라져야 하지 않을까. 지역 명소에서 찍은 사진은 유행의 시류에서 도태되지 않았음을 인증할 세련됨의 증거가 될 수 있을지는 모른다. 그러나 그 경험은 오래 기억하고 싶은 각별한 추억으로 남기 어렵다. 특산물이나 기념품도 인터넷을 통해 구매할 수 있는 시대, 적은 수고로 필요한 걸 얻는 건 편하지만 지역마다 자별한 개성이 사라진 건 아쉽다. 손쉽게 얻을 수 있는 건 싫증 나기 마련이니 관심의 끈이 느슨해지는 건 어쩔 수 없다. 이런 시점에선 주민들의 노력으로 이루어 낸 문화와 공동체가 더욱 특별하게 다가온다.

여행하다 보면 동네 상점들 사이의 원활한 교류를 통해 상생할 방법을 모색하거나 지역의 청년 예술가들이 협업하는 광경을 볼 수 있다. 마을의 안내 책자를 만들어 상권 간의 홍보를 활성화하거나 월간지를 배포해 정기적인 모임을 갖는다. 저마다 지속 가능한 문화를 꾸려 가기 위해 노력하며 접합하는 과정은 사라진 이웃 간의 정이 다른 방식을 통해 희미하더라도 꾸준히 이어진다는 가능성을 보여 준다. 구성원들이 협력하여 이룬 공동체를 볼 때면 혼자인 내 모습을 절절히 의식하게 된다. 창작에 대한 고민을 나눌 동료가 거의 없는 나로서는 비슷한 가치관과 생각을 하는 이들 사이의 유대감을 목격하면, 형제 없이 태어난 데에 아쉬움을 느끼는 외동처럼 부러워하게 된다. 서로 다른 재능과 관심 분야에 대한 이해를 화합하여 이룬 독특한 문화와 연결성은 멋지다고 생각한다. 그러한 문화에

겉가지를 이룰 수 있다면 나 또한 공동체의 일환이 되어 '공유'와 '소통'을 통해 '성장'을 꾀할 작은 행동을 덧붙이고 싶다. 특히 이런 문화가 발전한 도시로 대전을 꼽고 싶다.

대전을 마음먹고 오게 된 건 전적으로 서점에 관심이 많기 때문이다. 이 지역에는 삼십여 개의 크고 작은 서점이 있는데, 그중에서도 '다다르다'는 다양한 독립 출판물과 서점 주인장의 꼼꼼한 안목으로 고른 여러 책을 만나 볼 수 있다. 해방촌에 위치한 서점 '스토리지 북 앤 필름'이나 '고요서사' 등은 작은 공간을 책들로 알차게 채워 아늑한 느낌이 드는 반면 '다다르다'는 누군가의 취향이 밀집된 거대한 서재를 들여다보는 기분이었다.

13년이라는 짧지 않은 시간 동안 서점을 운영하며 독서와 글쓰기 프로그램을 운영해 온 관계자들의 고민이 담긴 공간을 열심히 구경했다. 카페 공간을 지나 계단을 오르면 벽면에 '영수증 일기'가 붙어 있는데, 그중 한 대목이 눈에 띄었다.

*책과 서점을 통해 동네마다 즐거운 일이 가득하면 좋겠다. 그 사이에 우리가 하고 싶은 일을 잘 하면서, 사회적 역할을 충분히 해내는 삶. 더 나누는 삶을 고민하는 삶. 이것이 도시의 낭만을 위한 삶.*

책 읽는 사람이 줄어드는 어두운 전망과 별개로 문학은 내가 선망하는 미래였다. 오랜 시간 책의 세계를 동경하며 정착하고 싶은 목적지로 정한 뒤 나의 역할은 두 가지를 아울렀다. 바로 글을 쓰는 것과 읽는 것.

작가가 존재하기 위해서는 읽어 주는 독자와 작품을 선보이는 무대가 되어 줄 서점, 책을 안내해 줄 서점원이 있어야 한다. 그런 면에서 작가와 독자, 서점은 책이라는 매개로 상생한다. 그 사실을 알지만, 독자들을 만날 일은 드물기에 막연한 거리감을 갖고 있었다. 기껏해야 내가 할 수 있는 건 매대에 놓인 나의 책을 반대편 코너에서 주시하는 정도였다. 책을 한두 페이지 넘기다 내려놓는 이를 보면 '재미가 없나?'라는 긴장된 떨림으로 답을 얻지 못할 질문을 되뇌었다. 조바심 내며 독자의 반응을 눈앞에서 관찰하는 내 얼굴이 어지간히 불안해 보였던지 직원분이 다가와 찾는 책이 있느냐고 물은 적도 있다. 그가 내게 진실로 묻고 싶었던 건 화장실이 급하거나 혹시 어디가 아프냐는 말이 아니었을까? 그 정도로 서점에서의 내 꼴은 우스웠다.

서점을 방문하면 잘 키운 식물의 성장을 관찰하듯 책장에 꽂혀 있는 나의 책들을 둘러보곤 하는데, 동네 서점을 방문해도 그와 비슷하다. 특히 동네 서점은 입고해 둘 수 있는 책이 한정되어 있으므로 이곳에 내가 쓴 책이 놓여 있는 경우 감동이 더 크다. 서점 주인의 심도 있는 기준에 맞춰 선택되는 건 어렵다는 것을 알면서도 슬며시 기대가 일어난다. 방문한 서점에 내 책이 없더라도 실망하지 않으려 애썼지만 가끔은 내 글을 읽지 못한 이들이 많다는 점이 나의 미진함으로 느껴져 분발해야겠다고 다짐하기도 한다.

일전에 찾아간 진주 문고에선 익숙한 표지를 보고 반가움에 눈이 커진 적도 있었다. 전작인 〈인생은 애매해도 빵은 맛있으니까〉와 〈나를 만든 건 내가 사랑한 단어였다〉가 잘 보이는 선반 위에 놓여 있는 것을 발견한 뒤 조용히 기뻐했다. 내 안에서 키워 낸 이야기가 혹평을 듣는 건 겸허히 감수하려 하지만 '그 책은 처음 듣는데.'라거나 '그게 누구죠?'라는 말을 들으면 콩알의 반절만 한 가슴이 내려앉는다. 혹평과 비난보다 나를 더 자극하는 건 애초에 관심 밖에 있다는 사실. 책에 대한 공감이나 비난은 어떤 방식으로든 내가 쓴 문장의 한 귀퉁이가 날카로운 모서리가 되어 상대를 자극했다는 뜻이다. 어떤 지점에서 그가 공감했는지 또 어떤 부분을 불편하게 느꼈는지에 대한 발견은 읽는 이들이 자신의 뻗친 마음과 마모된 흔적을 통해 찾아야 할 방향이며 쓰는 사람의 몫은 독자의 반응에 격분하거나 우울해하지 않는 태연자약함으로 꾸준히 써 나가는 묵묵함이다. 비난을 위한 비난이나 인신공격이 아닌 이상 여러 사람의 감상에는 그럴 수 있다고 수긍한다. 모두를 만족시킬 작품은 애초에 쓸 수 없다는 걸 알기에 평가와 감상의 영역에 가타부타 첨언을 늘어놓지 않는다. 하지만 독자라는 존재가 어렵게 느껴지는 마음은 어쩔 수 없는 듯하다. 독자를 만족시키지 못하는 책은 팔리지 않고, 서점에서도 자취를 감춘다. 그 과정이 반복되면 다음 책을 낼 원동력을 잃게 된다. 난 내가 쓰고 싶은 글을 쓸 뿐이라며 태연함을 연기하지만 읽는 이의 반응에서 완전 자유롭지는 못하다. (자유롭지 못한 정도가 아니라 이미 매여 있는 걸 수도 있다. 이번 책이 나온 뒤에도 한동안은 신간 코너를 기웃거릴 예정이다. 1인극을 하는 듯한 우스운 모양새를 구경하고 싶다면 평일 오후에 강남 교보문고나 광화문 교보문고로 오면 된다. 신간 코너의 건너편에서 누군가를 주시하듯 번뜩이는 눈빛의 여자가 눈에 띌 테니까.)

서점 안을 구경하다가 직원으로 보이는 남자분에게 책을 추천해 달라고 요청했다. 평소 재미있게 읽었던 작품과 관심 키워드를 말하자 다섯 권의 책을 소개받았다. 서점원 '라가찌'라고 자신을 소개한 그와 이야기를 나누며 이 서점이 대전에서 유지되기 위해 거쳐 온 지난한 과정을 전해 들었다. 그 대화를 통해 사람들이 이 서점을 찾는 이유를 알 것 같았다.

"전 이곳에서 판매지수보다 관계지수가 중요하다고 생각해요. 이 서점에서 필요한 건 다독가가 아니에요. 오히려 그런 분들은 본인이 앞으로 읽어야 할 책 목록이 정해져 있기에 굳이 저에게 말을 걸지 않거든요."

라가찌님은 책 판매를 넘어 독자가 읽기에서 쓰기의 영역으로 관심을 확장하기를, 그래서 지역 도시에서 많은 창작자가 나오기를 꿈꾼다고 말했다. 그 답에 신선한 활기를 느꼈다. 서점의 존속을 고민할 만큼 출판계의 미래는 어둡지만, 더 큰 페이지의 꿈을 그리며 촛불 같은 희망을 지켜 내는 마음에서 책을 진심으로 사랑하는 이의 애틋함이 느껴졌다.

"전 앞으로 자라나는 아이들에게도 좋은 질문을 건네는 어른이 되고 싶어요. 물론 질문에 대한 답은 아이들이 이곳에서 책을 통해 찾게 될 거고요. 지금 운영하는 서점이 그런 곳이 되면 좋겠어요."

과연, 그렇구나. 난 조용히 고개를 끄덕이며 그의 말에 공감을 표했다. 혼자 읽고 쓰는 영역에만 머물러 있다면 몰랐을 이야기. 책과 서점 그리고 작가와 저자 사이의 연결성이 눈에 보이듯, 손에 만져지듯 또렷하고 실감나게 다가왔다.

라가찌님과 여러 대화를 이어 가다 어떤 흐름에서인지 급작스럽게 대화 주제가 널을 뛰었다. 어떤 말 뒤에 고백 아닌 고백을 해 버린 건지 지금도 기억이 잘 나지 않는다. 아마 부끄러워서 자의로 지워 버린 게 아닐까 싶다.

낯짝이 두껍지 못한 주제에 '사실 저는 읽는 것만큼 쓰는

것도 좋아해요. 실제로 쓰는 일을 직업으로 갖고 있기도 해요.'
라고 말했다. 그 뒤에 굳이 필요 없는 말을 덧붙인 당시를 떠올
리면 지금도 귓불이 화끈거린다. 웬만하면 글을 쓴다는 말을
입 밖으로 내지 않는 편이지만 내 글이 읽힐 기회가 많아지면
좋겠다고 은근히 바라 왔다. 나의 간절함이 준비되지 않은 문
장으로 흘러나왔을 때는 후회했지만 돌아온 답은 붉게 곤두선
마음의 표면을 달래 주었다.

"더 많은 작가분이 독자들에게 말을 걸어 주시면 좋겠어
요. 이렇게 대화할 때 우리가 책으로 연결되어 있다는 걸 실감
할 수 있으니까요."

혼자 작업하다 보면 글쓰기가 '열심히 하더라도 아무도 모
를 일'처럼 여겨지기도 했다. 그러나 실제로 우리는 책을 통해
연결되어 있었다. 책을 읽는 독자들이 줄어들더라도 완전히 사
라지진 않을 것이며, 그들이 읽고 의견을 더해 줌으로써 우리는
끊어지지 않을 거라는 낙관적인 확신이 마음속에서 일었다.

'다다르다' 서점을 통해 이루고 싶은 꿈을 터놓으며 라가찌
님은 '근데 제가 말한 것들이 가능할지 모르겠어요.'라고 답했
다. 불안과 약간의 희망이 뒤섞인 표정이었다. 그건 출판계의
좋지 못한 전망에 대한 현실적인 절망이기도 했다. 그 말에 내
가 할 수 있는 대답은 '다음 스텝을 계속해서 준비하기 위한 노

력을 이어 가고 있으니 해낼 겁니다.'라는 진부하지만 진심 어
린 응원이었다. 불확실함에 절망하더라도 손 놓고 체념하지 않
는 모습에서 미래의 희망을 찾을 수 있었다.

책 〈읽는 생활〉에서 '절망할 수 있는 건 그만큼 좋아하고
있다는 증거'라고 말한 임진아 작가의 문장을 떠올린다. 우리
가 나눈 고민과 시름, 계획의 실현 가능성에 대한 불확실함조
차도 책을 좋아하는 이들이기에, 책과 연결된 동료이기에 나눌
수 있는 생각이다. 그럼에도 불구하고 남은 희망의 크림을 절
망의 표면에 덧발라 나눠 먹은 시간. 절망과 불안의 부재가 진
한 애정이라면, 그 애정을 실천하고 지키려는 노력은 어떻게든
원하는 지점으로 가닿는 힘을 발휘할 수 있지 않을까. 난 계속
해서 사람들에게 읽힐 만한 책을 쓰기 위해 문장을 다듬고 여
러 작품을 통해 세계를 넓히며, 출판이라는 생태계가 파괴되
지 않도록 동네 서점에서 책을 사 읽는 노력을 이어 갈 예정이
다. 그 노력이 모이면 훗날 읽던 역할에 익숙했던 이들이 자신
의 글을 자연스럽게 쓰는 문화가 형성되고, 동네 서점에서 구
매한 책을 누군가에게 선물하는 일이 끼니를 챙기는 일과 같
이 당연하게 이어지는 날이 올 것이다.

숙소로 돌아온 뒤 나른한 중에도 새 책을 펼쳤다. 추천해
준 책을 읽어 내려가다 문득 시선이 한 곳에 멈추었다. 난 몇

번이나 그 문장을 되뇌었다. 퍽 고마운 문장 아래 연필로 진하게 밑줄을 그었다. 다른 문장과는 확실히 구별되어 또렷이 눈에 들어올 수 있도록.

> 빗속을 잠깐 뛰면서 앞으로도 계속 달리려면 참 갈 길이 멀겠다고 생각하는데 웃음이 갑자기 튀어나왔다. 분명히 절망적이었는데, 이상하게 신이 났다.
> - 〈실패를 사랑한 직업〉, 요조

갈 길이 먼데도 웃음이 나고 절망적인 현실에도 기분이 들뜨는 건 현실적인 벽 앞에서도 가라앉지 않는 '사랑' 덕분이다. 독자들이 사랑하기에 부족함 없는 글을 쓰는 이들이 늘고, 책에 대한 애정을 실천하는 독자들의 노력이 이어진다면 책의 미래는 그렇게 어둡지만도 않겠다. 앞길을 가로막았던 자욱한 안개가 가시고 희미한 햇살이 비추는 날도 올 것이다.

대전의 한 서점에서
사장님과 이야기를 나눴다.

좋아하시는 장르
말씀해 주시면
참고해서 책 추천
드릴게요.

지금 들고
계신 그 책도
재미있게
읽었어요.

그럼 이 책도
좋아하실 것
같네요!

오, 한번 봐도
될까요?

책 추천뿐 아니라
지역 서점에 관한
여러 이야기도
들을 수 있었다.

대화를 하며 들었던 생각

여전히 책을 좋아하는
사람들이 있는 것도,
지역 서점을 살리기 위해
노력하는 이들이 있다는
점도 다행이야.

추천해 주신 곳
가 볼게요!

돌아갈 때
대전의 가 볼 만한
곳들도 추천받았다.

## 책과 빵과 책의 도시 2

여행하다 보면 어떤 지역에 대한 사람들의 인식이 바뀌지 않고 유지되는 걸 알 수 있다. 가령 대전의 경우 '노잼 도시'나 '성심당'과 같은 단어가 끈덕지게 따라붙는다. 라가찌님은 대전에 붙은 노잼 꼬리표가 고도의 노이즈 마케팅일 수도 있다는 그럴듯한 의문을 제기했다. 그의 말대로 '대전이 그 정도로 재미가 없어?'라는 진실을 두 눈으로 확인하기 위해 오는 관광객들도 더러 있을 수 있다. 내가 이곳에 온 건 동네 서점과 찻집에 방문하기 위한 목적이었을 뿐, 대전에 대한 호기심이 발동한 건 아니었다. 몰랐을 때의 건조한 마음은 그렇더라도 자차분한 분위기의 도심에 머물면서 점차 흥미를 느끼게 됐다. 소소한 즐거움을 누리며 한적하게 둘러보기 좋은 지역이라는 점에서 친밀감을 느낀 사람은 비단 나뿐만이 아닌 듯하다. 실제로 대전을 여행 다녀간 사람의 재방문율은 높은 편이다. 2020년 대전 관광 실태 조사 및 발전 방향 연구 자료에서도 이를 알 수 있는데, 방문자 중 처음 오는 관광객의 비율은 34.8%인 것에 비해 재방문자는 65.2%로 훨씬 높다는 통계 자료가 있다. 한 번 다녀간 뒤에 볼 짝 다 봤다 싶어 굳이 또 오고 싶지 않은 곳이었더라면, 매번 성심당 앞에서 길게 대기하는 행렬을 보기는 어려웠을 것이다. 성심당의 튀김 소보로를 맛보러 왔다가도 곳곳을 다니다 보면 초면에 몰랐던 매력과 재미를 계속 느껴 대전을 좋아하게 되는 게 아닐까.

　전날까지 화창했던 날씨가 지분대기 시작하더니 많은 눈이 쏟아졌다. 연말의 들떴던 기분이 새해로 옮겨 오면서 무미건조한 상태였지만 이날만은 부쩍 기분이 고양되었다. 오랜만에 애프터눈 티 세트에 어울리는 홍차를 골라 마실 생각을 하자 잔뜩 흥분되었다. 본연의 홍차 향과 맛을 음미하다 우유를 넣어 마시는 것을 좋아한다. 갓 끓여 낸 홍차는 그 색과 향이 진하여 고풍스럽게 느껴진다. 난 그러한 차의 시간을 사랑한다.

　이번에 간 곳은 대전 서구에 위치한 찻집이었다. 눈이 소복이 내리는 풍경을 보며 딸기로 만든 디저트와 식사류가 담긴 찬합을 받아 들었다. 조붓한 주전자의 입구에서 잘 우려진 찻물이 흘러나와 찻잔을 채웠다. 청고한 차의 빛깔을 응시하다 가게의 내부를 둘러보았다. 벽면을 가득 채운 틴 케이스가 홀

룽한 인테리어 용품처럼 느껴졌다. 저 차는 무슨 향과 맛을 품고 있을까, 어떤 찻잎과 과일이 블렌딩 되어 있을까. 하나하나 맛볼 수 있으면 좋겠다고 바랐다. 앤이 살던 그린 게이블즈에 차를 마시는 공간이 있었더라면 이런 분위기였으리라 상상했다. 원목으로 만든 선반 위 컵과 주전자가 예뻐서 분망히 눈을 움직였다. 작은 부엌에서 관숙하게 움직이는 사장님의 집중된 시선과 이따금 한마디씩 건넬 때의 미소도 좋았다.

눈 오는 평일 오후, 카페 안은 한산하여 사장님과 차에 관한 대화를 여유롭게 나눌 수 있었다. 그녀는 차에 곁들이는 디저트의 양이 과도하게 많아서는 안 되며 차 맛을 해치지 않는 조화로운 디저트를 계절마다 특색 있게 만드는 일이 중요하다고 말했다.

"이곳은 카페이기도 하지만 티 클래스를 운영하는 곳이기도 해요. 수업 때 여러 차를 시음하고 맛과 향을 맞추는 퀴즈를 내기도 하는데요. 재미있는 건 실제로 차를 마셔 봐도 어떤 맛인지 모르는 경우가 많다는 거예요. 예를 들어 이 차가 리치 맛을 갖고 있다고 설명하기 전에는 차 맛을 보고 단번에 알아차리는 건 어려워요. 차를 접해 본 경험이 적거나 리치라는 과일을 먹어 본 적 없는 사람도 분명 있을 테니까요. 차의 맛과 향을 표현할 땐 자신의 경험 안에서 제일 가깝다고 생각되는 것에 빗대어 설명하는 분들이 많아요. 어떤 경우는 집 앞에 있던 들꽃에서 맡았던 향이 차에서 나요, 라고 말하기도 했어요."

　사장님은 차에 대한 자세한 설명이 손님들에게 규정된 맛을 인식하도록 유도하는 걸 수도 있다는 생각에 고민이 된다고 터놓았다. 그 말이 의미하는 바가 무엇인지 공감할 수 있었다. 나 또한 차를 마시며 주인장의 설명대로 느끼기 위해 애쓴 적이 있었다. 간혹 기분 좋을 만치의 수렴성으로 상쾌한 맛이 특징이라는 안내를 들으면, 수렴성이라는 단어의 느낌을 느끼기 위해 의식적으로 노력했다. 그 행동의 기저에는 자신의 감각을 신뢰하지 못하는 얌전한 겁심이 자리하고 있었다. 맛과 향이라는 주관적인 분야조차 정해진 답이 있을 거라는 믿음, 나만의 의견을 주재하지 못하는 건 내 의견이 틀린 답일 수도 있다는 두려움 탓이었다. 실제로 차를 마시며 부드러운 훈연 향과 장미 향이 난다는 설명을 들어도 마시는 입장에서는 다른 맛과 향을 음미할 수도 있다. 누군가에게는 꽃 향이라고 느껴지는 게 어떤 이에게는 오렌지나 체리 향으로 느껴질 수도 있듯이.

　차와 디저트를 주제로 수다는 계속 이어졌다. 올해 봄이 되면 선보일 벚꽃 모찌에 대한 이야기를 들었을 땐 입가에 군침이 돌았다. 볕 좋은 봄날 대전에 와야 할 이유가 생긴 것. 찻잔을 비우자 사장님은 또 다른 차를 내어 주셨다.

"차를 처음 접하는 분들에게 이곳이 처음이더라도 마지막은 되지 않았으면 좋겠어요."

사장님의 말에서 차를 사랑하는 마음이 간절하게 우러났다. 누군가의 처음을 도맡는 건 첫인상을 좌우하는 일이라 막중한 책임감을 느낄 수밖에 없다. 이곳이 마지막이 되진 않았으면 좋겠다는 바람은 내 안에도 새겨 두고 싶은 말이다. 나 역시 찻잎을 우리고, 최대한 맛있는 디저트를 접시에 내어 주는 마음으로 문장의 결을 다듬어 배치하며 글을 써 나간다. 읽다 도중에 덮어 버리고 싶을 만큼 재미없거나 읽는 행위 자체가 시간 낭비라는 마음이 들지 않도록 제법 읽을 만한 글을 쓰고 싶다.

혹여 내 책이 '자, 이제 책을 읽는 습관을 들여 볼까.'하는 누군가의 계획의 시작이 될 수 있다면, 그 결심을 독려해 주어 또 다른 책도 읽어 볼까 하고 책장의 다른 작품으로도 시선을 향하게 만들 수 있으면 좋겠다. 거기서 더 나아가 이번엔 내 이야기를 써 보는 건 어떨까? 라는 의욕까지 일렁이게 만드는 힘을 지니면 더 바랄 게 없겠다.

대전에서 먹었던
딸기 애프터눈
티 세트

딸기 산도와
야끼소바빵이
맛있었다.

차 전문 카페답게
디저트에 어울리는
차를 추천받았다.

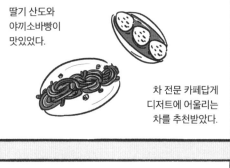

"맛있다
맛있어"

특히 직접 끓여 주신
달지 않은 밀크티는
눈 오는 겨울과
어울리는 맛이었다.

**이제 막 영업을 시작한
심야 식당에 초대합니다**

"어른은 뭐예요?"

"어디로든 떠날 수 있는 자유가 주어진 것 같지만 그 어디도 떠날 수 없는 책임감과 의무에 휩싸인 나이란다."

영화 〈어른 도감〉에 나온 대사다. 어른이 되면 자유이용권 티켓 같은 해방의 증명서 따위를 지급받을 줄 알았다. 경험을 통해 알게 된 바 성인에게 허용된 자유란 비좁은 틀처럼 옹색한 것들이었다. 늦은 새벽까지 진탕 마실 수 있는 만취의 자유, 시험이나 과제에서 벗어나는 자유, 기본적인 연산 외에 수리 영역과 담을 쌓고 살아갈 자유, 혼자 살 수 있는 독립의 자유.

어른의 혜택을 누리며 느낀 건 학교나 부모의 품 너머 세상은 마음껏 뛰어놀 수 있는 집 앞마당과는 다르다는 점이었다. 사회에 나왔을 때 나에게 허락된 놀이터는 8평 남짓의 원룸과

둥근 테이블, 그 위에 놓인 16인치의 노트북뿐이었다. 매일 아침 어떤 차를 마실지 고민하는 작은 선택권이 평범한 한 명의 어른으로서 누릴 수 있는 실질적인 자유였다. 범접하기 어려운 고도의 자유를 꿈꾸는 대신 오늘의 작은 선택에 나름대로 만족하며 살아갔다. 그런 상황을 즐거이 여기며 성실히 하루를 살아가는 내가 근사한 어른 같다고 느꼈다. 천천히 차를 우리며 깊고 진한 빛깔에 조금 감탄하는 것. 콜라나 주스가 아닌 건조된 찻잎을 우려 마시는 행위도 썩 어른답다는 흡족한 우월감을 가졌다.

어른이 뭐냐는 질문을 받을 만큼 적지 않게 나이를 먹었지만, 답을 내리는 건 여전히 어렵다. 호기심에 부푼 어떤 꼬마가 돌연 나에게 묻는다면 뭐라 답할 수 있을까. 어린 날에 그렸던 미래와는 다른 형태로 나이가 들었지만 그러한 현실이 슬퍼할 만한 사연이나 좌절할 만한 무능은 아니라고 말할 수 있다. 서투른 여정에 대한 아쉬움은 남아도 한스러운 후회의 얼룩은 남지 않도록 최선을 다한 시간이다. 그간 여러 형태의 곤란과 어려움을 겪으며 배운 게 하나 있다면, 어른이란 규격에 맞춰 출고되는 완제품이 아닌 노력과 충분한 시간의 재련을 바탕으로 완성하는 조립 제품에 가깝다는 사실이다. 누군가의 조언을 참고할 순 있어도 부품을 끼워 완성하는 건 내 몫이다.

여러 경험을 토대로 일상을 모양새 있게 꾸려 가는 생활인이 되었다. 밭은 숨을 고를 수 있는 자신만의 구역과 시간을 재량껏 만들어 가는 데 능숙해진 뒤로는 조금씩 나아지고 있다고 느낀다. 모든 책임을 세상에 전가하며 원망하던 일도, 불리한 환경에 대한 한탄도 멈추었다. 바꿀 수 없는 고정 조건에 대한 찌든 원망도 걷어 냈다. 할 수 있는 데까지 해 보자고, 위축된 어깨를 도닥이는 여유도 이젠 생겼다.

마감을 마치고 전주로 가는 버스를 탔다. 도착했을 땐 흐린 오후였다. 유독 짧은 겨울 해는 미사의 시작을 알리는 종소리 너머로 스미듯 사라졌다.

마을 어귀부터 안쪽 골목까지 한복을 입은 사람들이 제법 많았다. 곱게 땋아 내린 댕기 머리가 활달한 움직임에 따라 낭창낭창한 나뭇가지와 같이 흔들렸다. 낮은 담벼락 너머로 긴 목을 드러낸 정동성당도 보였다. 피곤함에 지쳐 눈앞이 가물거리는데도 첨탑을 올려다보니 가슴이 부듯했다. 담벼락 아래 들꽃도, 처마에 걸린 풍경 소리와 주춧돌 위 크기가 제각각인 신발들도 정겨움이 묻어났다. 시선과 마음의 방향은 자꾸만 지나치기 쉬운 사소한 부분에 머물렀다.

브레첼을 사 들고 객사 길을 걸으며 한 가게를 발견했다. 술집, 와인바, 심야 식당 등 여러 이름이 두루 잘 어울리는 작지만 구색을 갖춘 가게였다. 요리하는 부엌을 아우르는 형태의 바에는 몇 개의 의자가 놓여 있었고 재즈풍의 노래가 흘러나왔다. 작은 바 안, 남은 빈자리에 앉자 요기할 만한 음식과 술을 주문했다. 술에 대해 알지 못하는 까막눈이라도 선호하는 맛을 말하면 그에 맞는 술을 내어 주었다. 주인은 자신의 추천이 상대에게 오롯한 만족을 주지 못할 가능성을 염두에 두고 여러 술을 조금씩 시음할 기회를 주었다.

"맛보시고 입에 안 맞으시면 다른 걸로 내어 드릴게요."

사장님의 다보록한 짧은 수염이 마초 분위기를 자아냈지만, 겉보기와는 다르게 섬세한 일면을 갖고 있었다. 혼자 온 내가 신경 쓰였던지 말동무가 되어 주었고 비워진 접시에 이따금 올리브를 채워 주며 '음식이 입에는 맞느냐.'고 물었다. 그의 투박하지만 다정한 마음 쓰임은 직접 만든 빵 맛과 닮아 있었다. 한쪽 결대로 쭉 찢어지는 부드러운 식감과 고루 균형감을 갖춘 나긋하고 폭신한 맛은 섬세한 주인의 솜씨가 분명했다. 가게는 'oddity'라는 상호에 걸맞게 자신만의 특수성을 지닌 사장님의 감각적인 취향이 다분히 느껴졌다. 하고 싶은 일을 기어코 해내는 사람의 철모르는 오기, 순수한 열의가 빚어낸 둥근 마음, 여러 사람의 복잡다단한 사정에 귀 기울이는 귀여운 호기심 같은 것들이 한데 모여 있는 곳. 이곳은 마치 어둠 속에 개방된 아지트 같았다. 누구에게나 허락되어 있으며 혼자든 둘이

든 머물고 싶을 만큼 머물 수 있다.

바지런하게 움직이며 요리하는 사장님의 옆얼굴을 보며 안주로 나온 토마토 치즈볼을 먹었다. 흘러나오는 음악에 귀 기울이다 사람들의 두런거리는 소리를 들었다. 어쩌다 들리는 웃음과 속닥이는 말들이 익숙한 노래처럼 느껴졌다. 그들도 나도 이곳에서 느끼는 감상과 기분은 비슷하지 않을까. 모두들 술잔을 기울이며 여독으로 지친 마음을 쉬고 있는 중이리라. 우리의 모습은 개방된 아지트에 모인 목적지가 각기 다른 여행객들 같았다.

예사롭지 않은 빵 맛에 감탄하며 묻자 사장님은 이전에 빵집을 한 적이 있다고 답했다. 이야기를 나누며 스쳐 지나가듯 이어진 나름의 연결 고리를 알게 됐을 땐 '세상이란 광대하게 넓은 듯해 보여도 비슷한 관심과 취향을 지닌 이들 사이의 거리는 상당히 좁다.'라는 사실을 실감했다. 그가 제주도에서 운영했던 빵집은 가 본 적 있는 곳이었고, 내가 자주 가는 서점에서 글쓰기 수업을 받아 출간한 경험이 있다는 말도 들었다. 사장님은 같이 수업을 받은 동료의 책을 추천해 주었는데, 그 책은 이미 우리 집 책장에 꽂혀 있는 것이었다. 빵과 책을 통한 비슷한 접점을 발견하자 친근감은 짙어졌다.

이따금 내 곁에 있던 손님들은 자리를 떴지만, 이내 그 빈자리를 새로운 이들이 채워 가게 안은 한산해질 틈이 없었다.

덩달아 내 앞에 놓인 잔과 그릇도 쉬이 비워지지 않았다. 사장님은 서비스로 다른 음식을 대접해 주었고 옆에 앉은 다른 분들은 주문한 메뉴를 같이 먹자며 나눠 주기도 했다.

시간이 흐르고 빈 병이 늘어나며 손님들 사이에는 거리감과 경계가 부드럽게 풀어졌다. 익산에서 왔다는 중년의 남성과 근방에서 브런치 가게를 운영하는 부부, 전주를 자주 여행 오는 다른 부부와 이제 막 관계를 시작한 수줍은 커플로 내부는 북적였다. 문득 이 공간을 만드는 데 한몫하는 건 사람들이 품고 있는 이야기와 기분 좋을 만치의 나른한 취기, 이들의 편안한 웃음이 아닐까 하는 생각이 들었다.

## 호주에서 온 부부

내 옆에 앉은 부부는 근방에서 호주식 브런치 가게를 운영하고 있었다. 호주에서 살다 한국으로 돌아오게 된 사연을 도란거릴 때 발그레한 아내분의 얼굴에서 도회적인 이미지와 반대되는 수더분함이 엿보였다.

"호주에서도 인적 드문 시골 마을에서 살았어요. 그러다 보니 한국에 있는 가족이 아프다거나 갑작스러운 부고 소식을 듣더라도 귀국하는데 이틀 이상 걸렸죠. 문득 이게 뭔가 싶더군요. 행복하게 살고 싶어서 호주에 왔는데, 가까운 사람들이 아픈 때에 당장 달려갈 수 없는 상황이 싫어서 한국으로 돌아왔어요."

부부는 지치지 않고 재미있게 할 수 있는 일을 찾다 가게를 열게 됐다. 단, 돈을 벌기 위한 목적이 아니었기에 일상의 행복을 훼손할 정도로 무리하게 영업을 하진 않기로 약속했다고. 와인 한 병을 나눠 마신 뒤에 취한 아내분은 '다들 행복했으면 좋겠어요. 저희 가게에 오는 손님들도 여기 있는 분들도.'라는 말을 중얼거렸다. 그녀는 가게에 오는 손님들에게도 '감사합니다.'라는 말 대신 '오늘 하루 행복하세요.'라는 인사를 전한다고 했다. 가게에 방문하는 손님들이 행복한 삶을 누렸으면 좋겠다는 그녀의 바람은 틀에 박힌 빈말이 아닌 본심 같았다. 남편분이 어깨를 도닥이며 중얼거리던 말이 기억에 남는다.

"행복이란 건 어려운 것 같은데 의외로 간단하고, 사소한 곳에서 오더라고요. 지금 여기서 즐거운 사람과 나눠 마시는 이 와인처럼 말이죠."

## 전주를 여행 온 부부

두 사람은 근방의 다른 술집에서 일차로 마시고 이곳에 들렀다. 로마 여행에서 우연하게 만난 뒤 인연이 닿아 결혼까지 하게 된 둘은 혼자 여행 온 나에게 유독 친절히 말을 걸어 주었다. 비슷한 취향을 지닌 사람과 여행길에 연을 맺은 우연이 부럽다고 하자 여자분은 수줍게 웃으셨다. 남편분은 친구들과 질탕하게 놀던 시절보다 아내와 술잔을 기울이거나 숲길을 산책하는 지금이 좋다고 말하며 웃었다.

"여행을 자주 하다 보면 알게 돼요. 어디를 가느냐보다 누구와 함께하느냐가 중요하다는 것을. 그곳의 분위기와 느낌, 훗날에 남을 감상은 곁에 어떤 이가 있느냐에 따라 전혀 달라지더군요. 아내를 만나고 알게 된 사실이에요."

### 술에 진심인 중년의 남성

차 뒷좌석에 서류 가방 대신 술을 넣고 다니던 남자는 즐겨 마시는 주종이 보드카나 위스키였다. 술을 즐기는 사장님과 진즉부터 공통의 관심사 덕에 가까워졌고, 가게에 자주 놀러 온다고 말했다.

"좋은 건 같이 나눠 마셔야지요."

그는 두세 차례 일어나 보물 같은 술을 실어 둔 차로 향했다. 돌아온 남자의 손에는 묵직한 술병이 쥐어져 있었다. 빈잔을 채운 술은 향만으로도 진한 중량감을 느낄 수 있을 정도로 도수가 높았다. 남자는 마술쇼를 선보이듯 노련하게 술맛을 설명했다. 술에 대해 잘 알지 못하는 난 귀한 술을 마실 기회가 주어져도 제대로 즐기지 못했다. (그 공간에서 술잔이 비워지지 않은 건 나뿐이었다.) 잔이 비워지거나 먼저 자리를 뜨려는 사람이 생기면 남자는 새로운 술을 가져와 분위기를 돋웠다.

지칠 때 한잔 기울일 수 있는 곳, 가까이 앉은 사람과 토막 대화를 가벼운 안주처럼 곁들이기에 좋은 가게, 이곳은 마치 심야 식당 같았다. 허기진 배와 텅 빈 마음을 채울 수 있는 이곳에서 사장님은 새로운 이야기를 준비 중이라고 전했다.

"가게에 온 손님들과의 인터뷰를 엮어서 월간지를 만들고 싶어요."

사장님이 만들게 될 월간지에는 어떠한 이야기가 담겨 있을지 궁금해진다.

술이란 경직된 마음과 어색함을 풀어 주기에 좋은 윤활유라고 하지 않던가. 긴장감과 불편한 공기도 알코올을 통해 와해되고, 속 이야기를 꺼내는 일 또한 수월해진다. 경계와 어색함이 풀어진 뒤 편안하게 이어 가는 담화 속에는 지나쳤던 진심과 놓쳤던 답이 담겨 있을 확률이 높다. 넌지시 던진 한마디에 불현듯 잊었던 기억이 떠오르고, 기울어진 술잔만큼 비워 낸 마음에는 진정으로 중요한 알맹이가 남아 있을지도 모를 일이다. 난 허심탄회하게 오가는 말과 비워지는 술잔을 보며 서로 몰랐던 이들이 친밀한 동료가 되는 변화를 즐거이 지켜보았다.

　김혼비 작가의 〈아무튼, 술〉에는 '누군가에게 술이란 제
2의 따옴표와 같다.'라는 표현이 있다. 쉽게 꺼내지 못하는
것 중에는 술로만 열리는 마음과 말들이 있다는 문장이 기
억에 남는다. 이 가게도 누군가에게 쉼표이자 따옴표를 표시
할 수 있는 휴식의 곳간이 되지 않을까. 단단히 매듭 묶여 있
던 마음을 풀고 흐트러진 모습을 보여도 되는 곳, 경직된 분
위기와 어색함은 흐려지고 그 자리에 따뜻하고 둥근 위로와
웃음이 놓이는 곳. 이곳에서 난 사람들의 허술하지만 인간적
인 면모를 본다. 멀고 먼 타인에게서 나와 비슷한 부분을 발
견하며 고개를 끄덕인다. 서로의 비워진 잔을 채워 주고, 유
쾌한 응원을 전하며 잔을 부딪친다. 어른들의 낯설지만 보기
좋은 여백을 들여다볼 수 있는 심야 식당은 종종 경험하면
좋을 것 같다. 설령 술에 대해 알지 못하는 나 같은 사람도.

전주에서 갔던 bar는 심야 식당 같은 분위기였다.

주문하신 메뉴 나왔습니다.

혼자 이런 곳에 온 건 처음이라 어색했지만,

어색~

다들 일행이 있네.

주변 사람들과 이야기를 나누게 되면서

화기애애~

친해질 수 있었다.

가 본 여행지 중 어디가 좋았어요?

요요~

다 좋았지만 제일 기억에 남는 곳은요.

저희는 근방에서 카페를 하고 있어요.

오! 내일 놀러갈게요.

이런 만남도 새롭고 좋은걸.

꿀꺽~

**고백하건대**
**난 낭만을 사랑하는 사람이고 싶어요**


구례나 남해와 같은 시골 마을에선 주민들 사이에 보이지 않는 투명한 버스 정류장이 존재한다. 외지인의 눈에는 도대체 어디서 버스를 탈 수 있는 건지 알 수 없는 경우 주위를 돌아보면 된다. 정류장 표시가 없는 곳에 어르신 한 분이 서 있다면 그곳이 버스가 멈춰 서는 지점이라는 것을 눈치껏 짐작할 수 있다.

보통 한 시간 정도의 이동 거리는 걷기를 선호한다. 무심코 길을 걷다 발견할 경치를 놓치고 싶지 않아서 씩씩하게 걷는다. 걸을 때의 발소리도, 천천히 바뀌는 풍경을 둘러보는 느긋한 시선 이동도 마음에 든다. 고르지 않은 흙길을 밟을 때 약간의 탄성과 푹신함도 좋다. 그래서 난 맑은 한낮에 부러 수고로움을 자처한다. 어깨에 멘 가방이 무겁더라도 익숙해지면 한 몸이 됨을 느낀다. 집을 짊어지고 가는 달팽이가 되어 나만의 보폭과 속도로 걷는다. 천천히, 또박또박한 걸음으로.

문득 걷던 중에 이런 생각이 들었다. 내가 건강한 이유는 걷고 쓰고 관찰하는 사람이기 때문이 아닐까 하고. 건강한 몸을 유지하기 위해서는 혈액의 공급과 순환이 원활해야 하듯 내면에 부정적 감정과 잡념이 고이지 않도록 글을 통해 배출하고 풀어낸다. 무언가를 부지런히 포착하고 기록하는 게 순간순간 몰입력을 높이며 마음을 건강하게 만드는 방법이다.

걷다 보면 어르신들이 마을 어귀에 있는 정자에 앉아 두런두런 이야기 나누는 모습을 볼 수 있다. 유모차에 의지하여 골목을 걷는 할머니의 굽은 등, 순찰을 도는 길고양이들의 반듯한 꼬리 행렬도 눈에 띈다. 지나칠 만한 장면도 여행자의 눈에는 예사롭지 않게 보이는데, 깊어지는 여정만큼이나 시선의 심도가 생기기 때문이리라. 각도를 조금 달리하면 사랑스러운 광경을 발견하거나 계절이 바뀔 즈음 미묘한 온도 변화를 알아차리는 감각이 발달한다. '아, 드디어 지루한 겨울 끝에 봄이 오는구나.'라고 감탄하고, 다보록하게 자라나기 시작한 어린잎의 섬세한 변화를 응시하며 평화를 느낀다. 깊어지기 시작한 하늘의 넓은 파장에 찌뿌둥하게 굳어 있던 몸을 세워 기지개를 켜면 신선한 숨을 들이마실 수 있다는 점도 걷는 여행의 즐거움 중 하나다.

오가며 마주친 풍경은 고운 빛깔의 은행잎을 책 사이에 끼워 두듯 마음 사이에 넣어 둔다. 이따금 잊고 지내다 흐릿한 기억의 페이지를 넘기면 고운 빛깔의 기억 잎을 볼 수 있다. 좋았던 기억을 꺼낸 뒤 문장으로 풀어 낸다. 그건 꽃을 오래 보관하기 위해 압화 하는 일과 닮았다. 기억의 꽃잎을 언어로 고르게 정리하면 일상에 지쳐 피로한 상황에서 떠올릴 수 있다. 흐릿해질 기억을 붙들어 두는 도구로 기록만큼 좋은 건 없다. 난 내가 글을 쓰는 사람이라는 것에 안도한다. 기억을 남기는 방법은 다양해졌지만, 사진이나 동영상과 달리 글로 써 둔 기록은 훨씬 진한 여운을 갖는다. 때마다 심안에 맺힌 풍경과 사람들에 대해 기록하는 건 나를 알아가는 좋은 방식 중 하나다.

기록하겠다는 의욕은 나의 경험이 다른 이들과 다를 바 없는 동일한 공산품과는 조금 다른 면이 있다는 믿음에서 비롯된다. 내가 발견한 사유에 특별한 개별성이 없다고 여긴다면 애초에 쓰고 싶은 열망이 생기지 않는다. 즐거운 기억을 획득하기 위해 애쓰는 시간에서 난 예쁜 기억뿐 아니라 슬프거나 아픈 기억들도 탐구하여 지닌다. 그건 내가 겪어 낸 일들이며 통과하여 지나친 시간에 대한 마침표이기에 남겨 둔다.

나쁜 기억일수록 구체적으로 기록하는데, 부정적인 하소연에 그치지 않고 감정의 변이를 집요하게 써 둔다. 이러한 기록으로 노트를 채우는 건 메마른 마음을 부드럽게 이완시켜 준다. 기록은 나에게 취미 활동으로 자리 잡혀 있다. 책과 펜이 있다면, 어디든 호기롭게 갈 수 있는 행위 자체가 내가 가진 낭만성일 것이다.

낭만적 취미에 관해 곰곰 떠올려 보면 대개 자신만의 즐거움과 연결된 경우가 많은 듯하다.

정세랑 작가는 〈지구인만큼 지구를 사랑할 수 없어〉에서 자신의 오랜 취미를 고백했는데, '사람들이 길에 두고 가는 물건들을 사진으로 찍어 남겨 두는 것.'이라고 소개한다. 가령 비에 젖은 인형이나 스티커, 신발 한 짝과 같은 걸 찍는다. 거리에 버려진 물건들을 찍을 시 지키는 원칙은 물건에 손대지 않는 것. 그리고 아무리 예뻐도 가져오지 않을 것. 조현 작가의 경우 〈루카치를 읽는 밤〉에서 식물을 기르고 싹을 틔우는 일의 기쁨을 서술한다. 그는 골목길을 걷다 마음에 드는 식물을 보면 주인에게 부탁하여 반 뼘 정도 얻어 집으로 가져와 기르는 데에서 즐거움을 느낀다. 하루키의 경우 〈이렇게 작지만 확실한 행복〉에서 낡은 레코드를 수집하는 게 취미라고 언급했다. 레코드 수집 외에도 재즈나 달리기를 좋아하는 그는 자신만의 낭만적인 항목들로 인생의 To Do List를 빼곡하게 채운 사람이라고 할 수 있다. '취미가 뭐예요.'라는 질문에 자신만의 의식을 설명하는 이들은 과연 낭만적이다. 난 이런 낭만을 가진 이들에게 매료된다.

류이치 사카모토를 좋아한다며 제일 좋아하는 곡을 설명하는 D의 옆얼굴, 모아 둔 영화 포스터를 보여 주던 B의 반짝이는 눈동자, 누군가가 써 준 작은 메모를 수집한 Y의 책장. 그리고 그의 책장에서 오래전 내가 써 준 짧은 글을 발견한 날 느낀 뭉클함. 이 모든 건 사사로운 순간들도 소중히 여기는 사람들의 낭만적인 일면 중 하나다. 이런 순간들을 포착하면 소박한 취미로 채워 가는 일상이 다정하게 여겨진다.

난 여행 중 낭만적인 이벤트를 일부러 만드는 상황도 좋아한다. 버스커버스커의 '여수 밤바다'를 듣다가 여수행 기차를 타고, 비 오는 날 안개가 긴 섬진강을 보기 위해 걷다가 달리는 트럭 바퀴가 일으킨 물줄기로 한바탕 샤워를 하는 경험. 지역마다 다른 바다의 빛깔을 비교하고 싶어서 한 주에 창원, 보성, 부산의 바다를 찾아 진이 빠지게 다닌 적도 있다. 이렇게 적어 보니 나만의 낭만적인 취미는 기록 외에도 나열하기 어려울 만큼 많은 듯싶다.

시간이 지난 뒤 남겨진 메모를 통해 그 시기를 들춰 보면 어떤 기억들은 다정히 말을 건넨다. '이것들을 정리하고 기록해 봐!' 난 그 말에 힘을 얻어 무언가를 써 나간다. 이 글을 쓰며 이제야 확언할 수 있게 됐다. 난 분명 낭만적인 삶을 사는 사람이다. 언제까지고 낭만을 그리며 예민한 감수성을 잃지 않고 싶다. 그러기 위해선 개별적이고 특수한 자신만의 취미 한두 가지 정도는 만들어 두는 게 좋지 않을까. 다른 이들의 눈에는 불필요해 보이거나 의아함을 일으키면 또 어떤가. 마음을 충족시켜 줄 만한 취미에 낭만까지 한 스푼 더해진다면 사는 건 어떤 책의 제목처럼 꽃 같아질 수 있다. 제일 중요한 건 마음껏 하고 싶은 일을 하고, 가고 싶은 곳을 가는 것이다. 부지런한 시도와 걸음 끝에 내가 바랐던 감상을 찾을 수 있다. 모두 자신만의 방식으로 잃었던 낭만을 회복할 수 있으면 좋겠다.

기차 안에서 짬짬이
책 읽는 것을 좋아한다.

그러다
문득,

창밖 풍경이 달라진 걸
느끼면 읽던 책에서
시선을 거두고

고개를 돌려
바라본다.

조금씩 짙어지는
풍경 색에서
여름이 느껴져.

뜻하지 않은
풍경에 도달할 때
여행의 기분을 느낀다.

## 02

누구나 지우지 못하는
그리움이 있다

## 경주에 가 보고 싶은 걸 보면
## 나도 어른이 된 것 같아

주디가 '존 스미스' 씨의 길고 큰 그림자를 보며 '키다리 아저씨'라 칭했듯, 나도 원하는 이상형을 머릿속으로 그렸다. 꿈꿨던 낭만 중 하나는 역사에 해박한 연인을 만나는 것이었다. 그 사람과 함께 유홍준 작가의 〈나의 문화유산 답사기〉에 나온 문화재를 찾아 전국을 누비고 싶었다. 실제로 그런 사람을 만난 적은 없지만, 연인과 함께 유적지를 탐방하러 가는 로망은 지금도 유효하다.

서울도 구석구석 찾아보면 격동적인 역사의 흔적이 남아있다. 가령 남산 공원에는 일제 강점기 '조선 신궁'이 있었다. 남산 중턱에 신궁 참배를 강요했던 신사가 있었다는 사실을 알게 된 건 그리 오래되지 않았다. 알지 못하던 시절에는 호젓하게 걷기 좋은 공원으로만 여겼으나 숨겨진 이야기를 알고 난 뒤에는 달리 보였다. 황량한 벌판이나 용도 모를 비석에 담긴 사연을 읽을 수 있는 눈이 생기면 어떨까? 숨겨진 역사를 알아가는 건 새로운 언어를 습득하는 것과 같다. 과거 세대를 이해하고 그 시대를 해석할 수 있는 특별한 언어를.

여름의 끝자락, 가을바람이 희미하게 섞인 계절에 경주로 향했다. 이십 대 초반, 놀러 왔던 경주는 호의적 이미지로 남아 있었기에 더욱 설렜다. 길을 찾으며 헤매는 과정에서 친절한 시민의 도움을 받았다. 황룡사로 향하는 길에 탄 택시에서 운전 기사님은 도착 전까지 신라의 역사에 관한 다양한 이야기를 들려주시기도 했다.

숙소에 짐을 풀고 제일 먼저 첨성대를 보러 갔다. 낮에 보는 첨성대는 신을 숭배하기 위해 쌓은 재단 같았다. 정상부가 뚫려 있는 내부에서 하늘을 관측했다고 하는데, 산이 아닌 평지에 있어서 천문대로 역할을 할 수 있는가에 대해 의문이 일었다. 해설가의 설명에 의하면 당시의 천문대는 국가의 운을 점치는 용도로 활용된 상징적인 건축물로 추측된다고 한다. 하늘을 올려다보며 별의 움직임을 관측했을 선조들의 모습을 그려 보았다. 같은 공간, 다른 시대를 살았던 이들이지만 먼 세계의 타인으로 여겨지지 않는 건 지금 내가 보는 하늘도 몇백 년 전의 신라인이 봤던 하늘과 다르지 않기 때문이다. 오늘날 우리가 아름다운 자연 경관 앞에서 소중한 이들의 안위를 소원하듯 과거의 그들도 별의 움직임을 통해 길흉을 예측하고 평안한 미래를 소망했을 것이다. 원통부에 뚫려 있는 창을 중심으로 첨성대를 한 바퀴 돌았다. 무수히 많은 계절을 견디며 이 자리를 지키고 선 자태를 경모하는 마음으로 올려다보았다. 첨성대 주변으로는 노란색 카나와 귀여운 엉덩이를 흔드는 댑싸리가 무리 지어 있었다. 푸르른 생기를 머금은 댑싸리를 손으로 쓸고 코스모스와 목수국을 구경하며 근방을 거닐었다. 여름의 끝자락이라 그리 덥지 않았다.

첨성대 주변의 구경을 마쳤을 무렵 이슬비가 내렸다. 금방 그칠 만한 빗줄기로 여겨져 지체하지 않고 분황사로 향했다. 과거에 훨씬 높은 형태일 것으로 추측되는 분황사지 석탑이 수호신과 같이 자리를 잡고 이쪽을 내려다보았다. 관숙한 절터를 어슬렁거리다가 나무 아래 불상이 눈에 띄었다. 두 손을 모으고 기도하는 불상의 머리에는 작은 돌과 동전이 얹어져 있었다. 누군가의 소망이 놓여 있는 그곳에 판판한 돌을 얹어 간절함을 보태었다. 근방의 황룡사지 터를 보고 난 후 아쉬운 마음을 뒤로 한 채 천마총으로 향했다.

천마총에서는 발굴 단계를 정리해 둔 전시관을 보았다. 역사책에서 보았을 뿐, 실제 크기와 모양을 가늠하기 어려웠던 돌무지덧널무덤의 형태를 천마총을 통해 알 수 있었다. 유물 중에는 오키나와의 조개로 만든 국자 형태의 공예품이 있었는데, 매끈하고 아름다운 모양새에 감탄이 흘러나왔다. 당시 신라가 일본과 교류했다는 것을 알 수 있는 유물 중 하나인데, 현시대에 만들었다고 해도 믿을 정도로 우아한 조형미를 갖고 있었다.

전시관을 나오자 일몰이 하늘을 물들였다. 짧은 비가 지나친 자리에 무지개가 놓였다. 커다란 고분이 완만한 언덕배기처럼 느껴졌는데, 그 사이로 찰나의 노을이 선사하는 아름다움을 홀린 듯 응시했다.

학창 시절 수학여행으로 왔을 적에는 교과서에서 봤던 첨성대가 생각보다 작아서 시시하다고 여겼다. 경애왕의 일화와 관련된 포석정의 석조 구조물을 허무한 시선으로 보며 딴청을 피우기도 했다. 이 지역에 남아 있는 역사의 흔적에 무감각했을 적에는 시대를 읽는 눈도, 담긴 이야기의 무게도 알지 못했다. 이젠 남아 있는 유적이 가진 가치를 조금이나마 헤아릴 수 있게 되자 이름 모를 평범한 누군가의 삶이 어렴풋이 읽히는 것 같다. 그 시대를 살아갔던 인물들은 어떤 생각을 했을까. 그들이 바랐던 시대와 소망은 무엇일까. 아름다움과 경탄을 느끼지 못했던 것들에 이제는 감동할 수 있는 시선을 갖게 된 걸 보면 새삼 어른이 되었다는 것을 느낀다.

돌아가는 길에 친구와 문화재 관람료에 대한 의견을 나누었다. 공통적으로 느낀 건 여러 문화 유적지의 관람료가 지나치게 저렴하다는 것이었다. 대략 3,000원에서 5,000원 정도의 관람료는 해외의 여러 궁전이나 전시회의 높은 입장료에 비한다면 턱없이 적은 금액이었다. 문화 유적의 가치를 시민들이 자각하고 정밀하게 보수, 관리하기 위해 적절한 선의 관람료를 새롭게 책정하는 게 좋지 않을까. 또한 상세한 설명을 들을 수 있게끔 가이드와 전시관을 마련해 유적이 가진 의미와 가치를 부각하기 위한 투자와 노력이 필요하다고 본다.

돌아가는 버스 안에서 촬영한 사진을 살펴보며 다음 경주 여행을 기약했다. 그때는 빠듯한 일정 탓에 방문하지 못했던 석굴암을 꼭 가겠노라 다짐했다.

경주에 간 날,
비가 왔다.

철벅

철벅

비가 많이 오네.
오늘 계획한 일정이
있는데 어쩌지?

문득 고개를 들어
올려다봤을 때

다행히 시간이
흐른 뒤 비가
멈췄고,

뚝
뚝

저무는 하늘에
걸린 무지개를
감탄하며 바라봤다.

찬란한 빛깔과
다정한 순간을
오래오래
기억하고만 싶어서.

경주

## 좋은 것들을
## 같이 나누고 싶은 당신에게


엄마는 나에게 둘도 없는 친구이자 생물학적 부모의 의미를 넘어 든든한 지지자였다. 엄마는 자신이 지닌 생의 나이테를 훑어가며 거친 굴곡에 대해 속절없이 고백하곤 했다. '왜 난 그 시절에 그런 선택을 했을까. 어리숙하고 바보 같았던 시기야.' 겪을 수밖에 없었던 질곡에 대한 엄마의 회한은 주머니 한 귀퉁이에 담긴 바늘처럼 마음을 찔렀다.

그건 아흔여섯 번쯤 본 슬픈 영화를 다시 돌려 보더라도 같은 장면에서 눈물이 터져 나오는 것과 같았다. 엄마는 남아 있는 익숙한 기억에서 툭 터지거나 흘러넘쳤다. "친구들이랑 놀다 집에 가면 아무도 없는 단출한 집에 혼자 있었어. 문을 열면 이불이 깔려 있었는데, 안쪽은 솥뚜껑이 있는 작은 부엌이 딸린 방이었지. 거기서 난 이불을 뒤집어쓰고 계속해서 엄마를 기다렸어." 엄마는 나이가 들수록 꽤 자주 엄마의 엄마에 대해 이야기했다. 보고 싶지 않느냐고 묻자 엄마는 고개를 저었다. "내가 여유 있는 형편이었다면 찾으려고 시도했을지도 모르지만 그렇지 못하니까. 괜히 찾았다가 비참하게 사는 현실을 알게 될까 봐 두렵기도 해." 엄마는 오래전 기억을 말할 적에 눈이 가늘어졌다. 당시의 기억을 또렷하게 그려 보듯이, 더욱 선명하게 기억하려는 듯이.

내가 알지 못하는 엄마의 삶에는 '행복하다.'라고 말할 수 있는 일들이 얼마나 될까. 적게 벌더라도 혼자 마음 편히 생활하는 지금이 행복하다는 엄마. 그녀가 행복이라고 적은 견출지를 붙여 정리할 만한 기억이 그리 많지 않을 거라는 생각이 들면 자식으로서 조급한 책임감을 느끼게 된다. '우리 모녀가 함께할 수 있는 시간이 무한대로 길지 않다.'라는 사실을 자각하고 있기에 주어진 생 안에서 아쉽지 않을 만큼 사랑하며, 잊히지 않을 좋은 기억들을 많이 만들어 두고 싶다.

막연히 나중으로 미루지 않고 어디든 같이 가 보고 싶은 마음에 이번 여행을 계획했다. 일정에는 엄마의 친구인 S 이모도 동행했다. 엄마는 박복한 인생에 친구나 자식 복은 있는 것 같다며 함께 가는 여행 동료에 대한 만족을 표했다. 그만큼 S 이모는 엄마와 도타운 정을 나누는 벗이었다. 나에게도 S 이모는 좋은 친구였으니 이건 세 친구의 우정 여행이라 말할 수 있겠다. 여행 일정에 대한 의견을 묻자 엄마와 이모는 웃으며 말했다. "너랑 같이 가면 어디든 좋지." 나 또한 두 사람과 떠날 수 있다는 사실 그 자체로 좋았다.

볕 좋은 봄에 떠난 곳은 경주였다. 우리의 방문을 환영하듯 4월의 벚꽃은 흐드러지게 피어 있었다. 부러 묵는 숙소나 카페도 좋은 곳으로 예약했는데, 좋아하는 두 사람의 모습에 덩달아 즐거웠다. 비싼 숙소를 예약하느라 무리한 거 아니냐며 엄마는 염려했지만 조금이라도 더 좋은 걸 그들과 나눌 수 있다는 데에서 오는 기쁨이 컸으므로 들인 비용이 아깝지 않았다. 우리는 황리단길에 흩날리던 꽃비를 오래도록 눈에 담았다. 여린 꽃잎이 바람에 흩어지며 바닥으로 떨어졌다. 그 광경은 눈이 쌓인 경관과 닮아 있었다. 단지 녹지 않는 눈이라 손으로 만질 수 있었다.

"네 덕분에 올해는 벚꽃을 실컷 봤구나."

"세 사람이 첨성대와 불국사를 보고, 나눴던 이야기들은 잊히지 않을 거야. 훗날 네 엄마와 내가 없는 봄을 너 혼자 맞이하게 되는 순간에도 그 기억은 남아 있을 거고. 난 지금도 어머니 돌아가시기 전에 모시고 갔던 마지막 여행의 장면을 종종 떠올리곤 해."

이모는 그렇게 말하며 나무에서 떨어지는 꽃잎을 잡으려는 듯 손을 뻗었다. 유유히 흩날리던 꽃잎이 약속의 증표처럼 나붓하게 날아 손바닥에 착지했다. 그 곁을 걷던 엄마의 머리 위에도 나비의 날개를 닮은 꽃잎이 떨어졌다. 그들이 억척스러울 정도로 열심히 살아온 삶에 이 짧은 여행이 약간이나마 위로가 될까. '그땐 왜 그랬지.'라거나 '아쉽다.'라고 뇌까리는 대신 '그 계절은 내가 목격한 봄 중 제일이었어.'라고 고백할 만한 날이 됐으면 좋겠다.

혼자 가는 여정은 계획의 틀을 구체적으로 잡지 않고 유동적으로 움직였지만, 이번에는 코스를 곱잡아 정했다. 미리 섭외해 둔 가이드를 통해 불국사, 석굴암 등 주요 유적지를 둘러보며 경주의 여러 장소를 구경했다. 유적지에 얽힌 가이드의 설명을 듣는 엄마와 이모의 눈은 생기로 빛났다. 학생 시절로 돌아간 듯 집중하며 호기심 어린 질문을 하기도 했다.

마지막 날, 고즈넉한 찻집에서 점심을 먹었다. 예약자 한정으로 입장 가능한 공간에서 세 사람이 나눠 먹은 도시락과 다과는 훌륭했지만, 코스 비용을 들었을 때 엄마는 '이런 값비싼 호사를 누려도 되나.'라고 중얼거렸다. 그 말에 마음이 찡했다. 아름답고 멋진 광경을 눈에 담고, 맛있는 음식과 생경한 것들을 즐길 만한 자격이 있음에도 여러 제약으로 주춤하는 모습에 더욱 이런 생각이 들었다.

*좋은 것들을 엄마와 나눌 수 있는 시간을 자주 갖고 싶다.*

집으로 돌아가는 길, 세 사람은 일 년에 한두 번 정도는 함께 어딘가로 떠나자고 약속했다. 우리의 다음 여행을 응원하듯 벚꽃잎이 주변을 밝혔다.

"당분간 벚꽃 보러 가고 싶다는 생각은 안 들 정도로 실컷 봤지 뭐야."

엄마는 웃으며 말했다. 우리는 올해 가을 제주도에 가기로 했다. 이 모습은 맛있는 음식을 나눠 먹으며 다음 차례에 먹을 디저트에 대한 설렘을 공유하는 여자들의 대화와 비슷하다. 이번이 마지막이 아니라는 점을 언급하며 다음을 기약하는 건 흘러가는 시간에 대한 미련과 아쉬움을 줄여 준다. 지금 순간을 감미롭게 즐기기 위하여 마음 한편에 남는 아쉬움을 완급 조절해 둘 필요도 있다. 진득한 미련 대신 다음을 기약하며 느끼는 기대가 훨씬 더 의미 있고 즐겁기에.

앞으로 우리 세 사람이 같이할 수 있는 계절은 몇 번 정도 남아 있을까. 살아온 시간보다 적게 남아 있을 날들을 안타까워하며 두 손 놓은 채 흘려보내고 싶진 않다.

맑고 화창한 날, 당신과 새로운 장소에서 손을 꼭 잡고 '우리 다음에 어디 갈까, 엄마?' 하고 묻고 싶다. 벚꽃잎이 내려앉아도 알아차리지 못할 만큼 엄마의 머리가 희어질 때까지 우리는 같이 만들었던 추억을 나누며 나란히 웃을 수 있을까. 그런 나날을 계속 만들 수 있기를 바라며 엄마와 이모의 환히 빛나던 옆얼굴, '좋다, 좋아.'라고 말하며 휘어지는 눈매와 감탄사를 몇 번이나 되짚어 떠올렸다. 버티어 살아 낸 그들의 시간을 돌이킬 순 없더라도 앞으로의 시간을 찬란하게 만드는 일에 함께이고 싶다. 시시각각 빠르게 지나가는 세월은 손에 꾹 쥘 수 없지만, 그 흐름을 기민하게 알아차리는 감각으로 난 이 추억들을 잊지 않고 간직할 것이다. 세상에서 제일 사랑하고 아끼는 당신들과 함께. 난 이들을 통해 삶의 이유를 깨닫고 주어진 것을 숙고하는 지혜를 배우며, 서로를 통해 잔잔한 행복에 이른다.

엄마와 갔던
경주는 흐드러지는
봄이었다.

꽃비가 내리는
모습을 본 엄마는

올해는 딸 덕에
원 없이 벚꽃을
보네.

그 말을 듣고
생각했다.

왜 그간 엄마와
여행할 생각을
못했을까.

당장 여유가 없다는
것도 핑계가 아니었을까.

청도

## 몽글몽글한 그리움

모락모락 김이 나는 두부가 먹고 싶은 날이 있다. 들기름을
두른 둥근 팬에 앞뒤로 차별 없이 골고루 익혔을 때만 느낄 수
있는 단정한 맛. 무수한 양념의 힘을 빌리지 않고 만든 요리로
사람들을 부드럽게 유혹하기란 몹시 어려운 일이다. 자극적인
맛에 노출된 미각일수록 수더분한 맛을 알기까지 시간이 필요
하기에.

이따금 회상하게 되는 여운 깊은 맛의 반열에 오른 두부.
그 음식에 대한 그리움은 내면을 무두질했다. 두부가 먹고 싶
은 주기는 불규칙적으로 찾아오는데, 추운 겨울에는 매콤한 양
념을 자작하게 끓인 두부전골과 두부구이가 생각난다. 김치찌
개에 부속물로 들어가면 고기 건더기와 라면 사리 사이에서
관심 밖의 존재가 돼 버리기 일쑤인 두부. 두부는 주인공의 반
열에서 제외되는 경우가 많지만 신선한 콩의 응축된 맛을 알

면 그 매력에 빠질 수밖에 없다. 혀와 치아 사이에 큰 힘을 들이지 않더라도 부드럽게 뭉개지며 씹을수록 고소한 두부 요리는 자극적인 음식에 탈이 난 속을 채워 준다. 따뜻하고 뭉근하며 탄성이 살아 있는 맛으로. 두부의 담박한 기억을 소중히 꺼내어 떠올리자 어김없이 입가에 침이 고인다.

청도에 도착하니 오후 5시를 넘겨 하늘은 암자색으로 어두워지는 중이었다. 허기진 배를 움켜쥐고 택시를 잡아탔다. 숙소에 짐을 두고 저녁 먹을 장소를 찾아볼 계획이었다. 유쾌한 택시 기사님은 청도에 온 이유를 물으며 식당 한 곳을 추천해 주셨다. '그 가게는 두부 진짜 잘 만들어요. 직접 쑨 손두부니 맛은 말 다 했지, 뭐.' 기사님의 설명을 듣는 순간 오래 끓여도 콩의 긴밀한 단결성 덕에 맛이 살아 있는 포슬포슬한 모두부가 떠올랐다. 오늘 저녁은 이거다, 싶은 강한 확신을 갖고 가게로 향했다. 다음 날 먼 거리로 이동하게 될 것을 대비하여 기사님의 명함도 받아 두었다.

가게에 들어서자마자 사장님의 시선이 내 뒤를 향한다. 일행이 몇 명이냐고 묻는 표정을 바로 읽고 앞질러 물었다.

"혼자인데, 괜찮을까요?"

'나 홀로 여행족'이 늘고 1인 메뉴가 보편화되었지만, 여전히 많은 가게의 차림표에는 '2인 이상 주문 가능'이라는 설명이 붙는 음식이 많다. 갈치조림이나 낙지볶음 등은 2인 이상 주문을 요구하기에 아쉽더라도 포기해야 한다. 혼자 방문한 식당에서 메뉴 선택에 제약이 많다 보니 가끔은 이런 생각도 한다. 1인 여행자들끼리 식사 메이트를 만들어 2인 이상 주문 가능한 요리도 당당하게 먹으면 어떨까 하고. 홀로 다니는 이들 중에는 나와 비슷한 바람을 가진 이들도 분명 있을 것이다.

"사장님, 죄송하지만 뭐 하나 여쭤보려고요. 이 가게는 두부전골과 두부구이가 맛있다고 들었는데, 전골도 혹시 1인분 주문이 가능한가요?"

큰 기대 없이 조심스레 묻자 고심하던 사장님은 흔쾌히 1인분 양을 만들어 주겠다고 하셨다. 밑반찬과 두부구이가 먼저 테이블 위에 놓였다. 다양한 반찬 사이로 사장님의 정겨운 말이 맛깔 나는 양념장처럼 놓여졌다.

"혼자 식당 방문하는 게 죄송할 일이 아닌데, 그런 생각하지 않으셔도 돼요. 다음번에는 편하게 들러 주세요. 혼자 온 손님도 마음 편히 식사하실 수 있도록 노력하겠습니다."

그 말은 혼자 식사하며 느낀 적적함을 도닥여 주는 말이었다. 1인 손님의 편의를 봐 주는 건 주인의 당연한 의무가 아니었으니 사장님의 말씀은 배려가 분명했다. 순수한 호의가 깃든 말이 잘 빚어진 경단처럼 마음 그릇에 놓이자 음식이 더욱 맛있게 느껴졌다. 진한 고추기름이 투명한 막을 이룬 두부전골과 들기름에 구운 두부 앞에서 부지런한 젓가락질이 이어졌다. 두부전골은 두부와 대파, 목이버섯 등 다양한 부속 재료에서 진하게 맛이 우러나 깊은 국물 맛이 일품이었다. 흡입구를 단 듯 음식이 입으로 계속 들어가는데도 속이 불편하지 않았다.

두부의 순근한 맛은 미사여구 없이 힘을 빼고 쓴 글과 닮았다. 잘 쓰인 책을 음미하여 읽는 기분으로 느긋하게 식사를 이어 갔다. 한 끼의 식사에서 얻는 만족과 즐거움은 작은 것 같지만, 마음의 기운을 북돋아 준다. 건강하고 좋은 식재료를 두루 활용하여 만든 음식 덕에 일상의 구획이 훨씬 더 선명하게 밝혀지는 듯했다. 주인의 우박하지만 노련한 솜씨가 담긴 음식과 계절의 접촉으로 다채로이 변화하는 자연 앞에 감탄을 내뱉는 것. 좋은 풍광을 함께 볼 수 있는 사람을 곁에 두는 것. 이 모든 건 살아가면서 놓치지 않고 간직해야 할 삶의 감각이다. 그런 장면들로 일상의 기류를 채운 인생은 쉽게 무너지지 않는다.

일련의 모든 것들은 내가 살아가는 데에 무모해 보이더라도 함부로 떠날 기회를 마련해야 할 이유가 된다. 우울에 침잠하다가도 청도의 두부 맛이 그리워지면 떠나고 싶어질 테니까. 아무도 없는 방에 기꺼이 문을 열고 들어와 나가자고 채근해 줄 친구가 없더라도 생동하는 기억은 닫혀 있던 자신을 일으켜 세

운다. 산모가 특정 음식에 대한 그리움의 식욕을 느끼듯 끈덕진 맛의 환영이 따라다니는 날은 '집에서 벗어나 밖으로 나가라는 뜻이구나.'라는 의미를 알아차린다. 그리운 맛과 보고 싶은 경관이 있는데, 다시 오지 않을 절호의 시기를 어떻게 놓칠 수 있을까.

빨랫줄에 걸린 옷이
바람에 흔들리는 모습,

집 앞에 놓아둔 화분의
작은 이름표를 보는 일.

처음 보는
식물이네.

담벼락 너머 누군가의
웃음소리에 발걸음을
멈출 때,

하하
호호ㅡ

멈칫ㅡ

나에게 낯선 곳이 누군가에게는
익숙한 생활 반경이라는 것을
떠올리면 기분이 묘해졌다.

여정이 끝나고 돌아가는 길,
여행하듯 살고
싶다고 생각했다.

익숙해져서 뭐든
시들한 눈으로 보는 건
재미없지.

룰루~슝♪

청도

## 사람에게 받은 감동은
## 오래 지나도 잊히지 않지

짐을 제대로 챙긴다고 챙기더라도 예상치 못한 장소에서 중요한 걸 빠뜨리는 일이 생긴다. 이번에는 역내 화장실에 보조 가방을 둔 채 기차를 탔다. 가방의 무게가 가벼워졌음을 알아챈 건 숙소에 도착한 뒤였다. 며칠간 사용할 세안 용품이나 속옷 등은 마트에서 급한 대로 구비했다. 물건을 두고 온 환승역에 연락했지만 가방은 찾을 수 없었다. 잃어버린 가방 안에는 화장품 외에도 족집게, 쾌변 약, 머리카락이 엉겨 붙은 그루프와 색이 바랜 속옷 두 장, 느슨해진 고리에서 떨어져 나간 캐릭터 인형과 볼펜도 있었다. 운동 후 다리 둘레를 재는 용도로 구매한 줄자, 여분으로 챙긴 책갈피도 섞여 있었으니 그 꾸러미는 용도별로 물건들을 구별하지 않고 섞어 둔 혼돈 자체였다. 만약 누군가 몇 푼의 지폐나 동전을 기대하고 가방을 연다면 김이 팍 식을 게 분명했다. 속옷과 줄자, 변비약과 책갈피 사이의 긴

밀한 연관 관계를 해석할 수 있는 사람도 있을 리가 없다.

가방을 발견한 이의 반응을 상상해 보았다. 깨끗한 외관과는 딴판인 내부에 혀를 차거나 상표의 색이 바래서 사이즈 표시가 지워진 속옷을 보며 인상을 찡그리지 않을까. 누군가에 의해 가방 내부가 낱낱이 드러난다고 상상하면 감추고 싶은 민낯을 들킨 듯이 민망해진다. 내 손을 떠난 물건에 대한 미련 뒤엔 부끄러움을 의식하는 감각이 숨겨져 있다. 잃어버린 짐을 되찾을 수 없으며, 그 가방을 발견한 이와 마주칠 일이 없는데도 부끄러움을 느끼는 자의식이 거추장스럽게 여겨졌다. 번잡한 감각을 의식하면 오규원 시인의 〈죽고 난 뒤의 팬티〉가 떠오른다.

시의 화자는 교통사고를 당하는 순간, 이런 불안을 느낀다. '가만, 내가 언제 속옷을 갈아입었지?' 그는 무방비하게 헐벗어야 하는 상황이 닥치더라도 민망하지 않은 속옷 상태를 유지하고 싶어 한다. 지나칠 정도로 타인을 의식하는 심리는 과잉된 면이 있지만, 일정 정도 공감이 된다. 나 또한 '남들 눈에 어떻게 보이는가?' 하는 문제를 신경 쓰며 피복이 벗겨진 전선과 같이 곤두서 있었다. 불시에 누군가에게 속내를 관리 감독 당한다면, 유독 희고 깨끗한 속옷과 같이 단정한 상태로 보이고 싶은 욕구가 있다.

보조 가방을 잃어버린 날, 나는 행방을 알 수 없는 가방의 위치를 상상하며 잠을 설쳤다. 엉뚱한 곳에서 낯선 이의 손에 의해 파헤쳐진 가방은 어떤 상태일까. 누군가에게 비웃음을 사는 하찮은 짐 더미 취급을 받으려나. 난 번잡한 물건들이 뒤섞인 가방이 동그라니 버려져 있는 모습을 떠올렸다.

*

지난밤, 식당을 추천해 주신 기사님께 청도 여행 가이드를 요청했다. 흔쾌히 제안을 수락해 주신 덕에 목적지까지 편하게 이동할 수 있었다. 기사님은 나에게 어떤 지역을 다녀 봤느냐 묻더니 이내 젊은 시절 자신의 여행담도 즐겁게 풀어놓으셨다. 낙관적인 기사님의 에너지 덕택에 여행길은 지루하지 않았다.

"저도 젊은 시절에 여행 꽤 다녔는데, 택시 운전을 하면서부터는 그런 일이 줄긴 했어요. 그렇지만 이 일이 즐거워서 그런지 십여 년을 넘게 하고 있어도 힘들지 않아요. 이 직업은 많은 사람과 대화를 나눌 수 있다는 점에서 묘미가 있어요. 손님들의 다양한 이야기를 듣는 건 한 사람의 인생을 알 수 있는 귀한 기회거든요. 오늘 손님을 만나게 된 것도 그런 기회 중 하나겠지요."

기사님의 눈은 촛불처럼 환하게 빛났다. 분명 그건 스스로의 일을 지치지 않고 사랑하는 사람의 눈빛이었다. 뜨겁게 끓다 쉽게 식는 대신 적정 온도로 자기 삶을 돌볼 줄 아는 사람. 그런 이의 마음은 변덕스럽지 않다. 지나치기 쉬운 부분을 진지하게 들여다볼 줄 아는 시선은 무심히 눈을 감은 사람의 눈꺼풀을 뜨게 만들고, 삶을 정성스럽게 가꾸는 부지런한 사랑은 나를 돌아보게 한다.

기사님은 '지금도 출근길이 즐거운 것을 보면 이 일이 천직인 듯합니다.'라는 말을 덧붙이셨다. 난 그 말에 고개를 끄덕이며 '멋진 직업이네요.'라고 대답했다. 일을 대하는 마음의 기본값에 '돈' 외의 다른 이유가 있는 점이 인상 깊었다. 돈을 벌기 위한 수단으로서의 목적만 앙상한 뼈대처럼 남아 있지 않아서. 하고 있는 일에 대한 즐거움과 보람을 이야기하는 편안한 미소가 좋아서. 대부분 노동에 부여하는 의미가 돈이 전부이지 않던가. 일하는 시간이 견뎌야 할 고행으로 느껴지다 보니 휴일에는 고통받은 몸과 마음의 피로를 풀기 바쁘다. 그런 사회에서 일의 기쁨을 이야기하는 건 공감받지 못하는 경우가 더 많다. 그렇기에 '이 일을 할 때 행복해요.'라는 고백은 더욱 귀하게 느껴진다.

기사님과 대화를 나누다 보니 마음에 남아 있던 불필요한 불평은 잦아들었다. 눈앞을 가로막고 있던 돌담 벽에 욕지거리를 내뱉으며 삶을 저주하는 대신 그 담을 이루고 있는 자갈돌 하나를 옮기고 싶어졌다. 고작 돌멩이 하나 옮긴다고 해서 당장의 변화는 없겠지만 작은 행동을 이어 가다 보면 내일을 바꿀 가능성이 생긴다. 오늘, 돌 하나를 옮길 힘이 있다면 다음 날 더 많은 돌을 옮길 수 있다.

사는 일이 궁핍하여 손가락 하나 까딱일 힘조차 없는 날, 누군가의 열심이 깃든 일상을 들여다보는 건 도움이 된다. 우연이라도 그런 일상을 사는 사람을 만나는 행운을 맞닥뜨리면 의미 없이 느껴지는 작은 행동의 힘을, 그 반짝이는 자부심을 배울 수 있다. 자신이 수년간 해 온 일에서 깊은 의미를 길어 내고 자부심을 느끼는 기사님과 같은 사람들. 난 이런 이들을 만나면 누군가에게 권하고 싶은 책을 발견한 것과 같이 보람된 기쁨을 얻는다. 나와 관련이 없던 이들과 우연히 연결선을 그으며 빛나는 삶과 사람을 찾는 여정. 그 발견은 책 속의 한 문장보다 진한 공감을 남기고, 인상 깊은 영화 속 한 장면과 같이 새겨진다. 한 사람의 인생이 누군가에게 끼치는 영향력을 경험하면 나와 다른 인생에 대한 존중과 경외심이 생겨난다. 사사로운 일상에서 노력과 성실, 꾸준함으로 자신만의 작은 성을 이룬 사람들의 말은 계속해서 귀 기울여 듣고 싶다.

기사님의 이야기는 그간 일을 대하는 나의 태도를 돌아보게 했다. 나는 일에 대해 두려움과 부담을 주로 느꼈을 뿐, 과정 자체를 즐기지 못했다. 일을 잘하고 싶은 의욕만 앞섰던 시기를 돌아보며 알게 된 건 잘하고 싶은 욕심보다 사랑하는 마음이 중요하다는 점이다. 애정이 빠져 있는 노력은 지속 가능성이 적다. 글쓰기를 잘하고 싶으냐는 질문에는 단숨에 그렇다는 답이 나오는데, 글쓰기를 사랑하느냐는 질문에 대해서는 선뜻 고개를 끄덕이지 못하는 건 잘 해내야 한다는 부담이 내면을 가중하고 있기 때문 아닐까. 몹시도 그 일을 잘하고 싶지만, 부담감은 일을 즐겁게 하는 기운조차 가로막는 벽이 될 수도 있다.

"택시의 묘미는요, 대화에 있습니다. 차에 탄 손님들과 고민이나 생각을 나눌 기회가 생기거든요. 짧은 대화를 통해 작게나마 도움을 주고, 심연을 짓눌렀던 짐을 이곳에 두고 내리는 모습을 보면 얼마나 뿌듯한지 모릅니다. 그런 면에서 이건 정말 최고의 직업이지요."

난 무언가에 쫓기듯 바쁘게 일을 끝내기 위해 애쓰며 지친 상태였다. 그와 달리 기사님은 청도에 방문하는 손님들에게 지역에 숨겨진 역사나 이야기를 들려주는 일이 흥겹다고 하셨다. 추가로 이익을 얻는 게 아닌데도 청도의 유적지나 역사를 시간을 내어 공부하는 태도도 멋지게 느껴졌다.

기사님은 파리한 가지가 차창 밖으로 보이자 복숭아나무라고 설명해 주셨다. 청도의 명물인 복숭아꽃이 줄지어 핀 계절에 오면 연신 감탄이 나온다고 한다. 매년 아내와 복숭아꽃을 보러 온다고 말하며 웃는 기사님의 눈가에 얇은 꽃술과 닮은 주름이 보기 좋게 그어졌다.

다음 목적지로 이동하던 중, 기사님은 같은 방향으로 가는 손님과 합승해도 괜찮겠느냐고 물으셨다. 가뜩이나 택시가 잡히지 않는 시골에서는 합승 문화가 종종 있는 듯했다. 조심스럽게 양해를 구하는 기사님께 난 괜찮다고 답했다. 곧이어 택시는 굽이진 시골길을 따라가다 파란 대문 앞에서 멈춰 섰다. 삐걱거리는 대문 뒤로 중년 여성이 나왔다. 아주머니가 조수석에 타자 두 사람은 익숙하게 대화를 나누었다.

"아버지는 좀 어떠십니까. 작년 추석 때 오고 오랜만이신 것 같은데."

"비슷하세요. 집에 올 땐 담담하다가도 두고 돌아가야 할 무렵이 되면 마음이 편치 않네요."

"노년에 병든 몸은 회복되는 게 어렵죠. 늙어 가는 부모를 둔 자식 입장에서 저도 공감합니다."

그 말에 아주머니는 연신 손등으로 눈가를 훔치셨다. 아주머니의 고개 숙인 옆얼굴을 보던 기사님은 뒷좌석에 타고 있던 나에게 물으셨다. 위로가 될 만한 노래를 한 곡 불러도 되겠느냐고. 난 고개를 끄덕였다. 그 뒤에 기사님의 입술에서 익숙한 가사가 흘러나왔다. 최백호의 '애비'였다.

*그래 그래 그래 너무 예쁘다*

*새하얀 드레스에 내 딸 모습이*

*잘 살아야 한다 행복해야 한다*

*애비 소원은 그것뿐이다*

구성진 곡조의 노래가 택시 안을 채웠고 조수석에 앉아 있는 아주머니의 어깨가 떨렸다. 가사 속에는 홀로 서는 자식에 대한 아버지의 애잔한 사랑이 담겨 있었다. 아주머니는 물기 어린 눈을 들키고 싶지 않은지 차창으로 고개를 돌렸다.

부모님과 함께할 시간이 얼마 남지 않은 상황을 손 놓고 지켜보는 슬픔을 헤아려 본다. 아직 내 곁에는 건강한 몸과 온전한 정신으로 살아 계신 부모님이 있으며 그리울 땐 언제든 찾아갈 수 있는 엄마의 집, 아빠의 고향이 있다는 데에 안도가 이는 동시에 마음이 무거웠다. 부모란 오갈 데 없이 떠다니는 마음을 눌러 주는 든든한 누름돌과 같기에 그 존재가 없어진 뒤의 허술한 내면은 얇은 종잇장처럼 혼란할 수밖에 없다. 마음을 든든히 지켜 주는 부모라는 돌이 아직 곁에 있으므로 난 흔들리지 않고 마음껏 이곳에 있는 것이리라. 그 안도감이 이젠 내 곁에 아무도 없다는 두려움으로 바뀌는 건 감히 헤아리기 어려운 아픔이었다. 내게도 피할 수 없는 종류의 일이겠지만 최대한 먼 미래까지 미뤄 두고 싶은 화두였다.

마음을 추스를 충분한 시간이 흐른 뒤에 아주머니는 입을 열었다. 매번 시간 맞춰 역까지 바래다줘서 고맙다고. 아주머니는 아픈 아버지가 눈에 밟혀 택시 호출 시간을 몇 차례 변경한 게 미안하다며 사과하셨고, 합승에 동의해 준 나에게도 고마움을 전하셨다.

"아직 우리 곁에 부모님이 계시다는 것 자체가 위로가 되죠. 병든 부모더라도, 아이처럼 변한 모습이더라도 곁에 있다는 것 자체에서 안심하게 되는 마음 이해해요. 아버님도 분명 오랜만에 따님을 볼 수 있어서 행복한 시간이셨을 거예요."

기사님의 마지막 말에 아주머니는 희미하게 웃으셨다. 난 꽤 오랜만에 누군가를 위한 기도를 신에게 올렸다. 그분이 아버지와 함께 나눌 수 있는 일상이 조금 더 길어지기를, 더 많은 추억을 만들어 짙은 아쉬움이 남지 않기를, 그분의 육체가 강건하여 자녀들의 곁에 오래오래 머물러 주기를, 봄비에 홀연히 떨어진 꽃잎처럼 황급히 떠나시지 않기를.

아주머니가 내리고 난 뒤 택시는 마지막 목적지인 화양읍으로 향했다. 손님들의 이야기에 진심으로 귀 기울이는 기사님의 모습에서 '택시 기사로서의 묘미'와 '일의 보람'을 알 수 있었다.

다시 서울로 돌아가는 길, 난 기사님께 복숭아꽃이 여울지는 봄에 다시 오겠다고 말했다. 아직 싱그러운 기운이 도래하

지 않았지만 연신 감탄하며 설명하신 아름다운 봄을 보러 오
고 싶다고. 겨울의 경계선을 넘어 연둣빛과 분홍빛으로 물들
게 될 청도의 들녘이 기대된다.

청도 여행 때 갔던
한옥 카페.

고즈넉한 공간에서
책을 읽으며 먹었던
말랑한 감말랭이.

곶감과는
또 다른 매력의
맛이야.

-와-

-앙-

맛있다

바람에 흔들리는
풍경 소리,
창밖으로 보이는
청도읍성 모두
아름다웠다.

저벅

저벅

걷는 중에도 감말랭이를
먹으며 느긋하게 걸었다.

## 그곳에 가야만
## 먹을 수 있는 맛이 있다

난 ATM기에서 출금한 만 원짜리 지폐 한 장을 손에 꾹 쥐었다. 이런 상황을 대비해 지갑에 지폐 몇 장 정도는 끼워 넣어 두면 좋으련만. 빈 지갑에 돈을 채울 만큼의 세심한 습관을 들이지 못하여 번번이 귀찮은 수고를 사서 하게 된다.

터미널에서 내리면 건널목 부근의 붉은 등부터 찾는다. 아직 장사하고 계시려나, 라는 기대와 불안이 뒤섞인 시선을 옮기면 고대했던 붉은빛이 보인다. 그 빛을 본 순간 나의 표정은 금세 환해진다. 정차된 트럭 앞에 서서 차례를 기다리면 잘 영근 열매처럼 노릇하게 익는 타코야끼의 변화 과정을 구경할 수 있다. 연갈색빛으로 바삭하게 익은 타코야끼는 아몬드 초콜릿보다 매력적이다. 겉면의 바삭한 식감을 유지할 방도만 있다면 한쪽 주머니에는 타코야끼를, 반대편 주머니에는 가쓰오부시를 넣은 채 시시때때로 꺼내 먹고 싶다.

2년 전과 마찬가지로 정정한 사장님의 모습에 안도감이 드는 동시에 배 속에서는 허기짐이 밀려온다. 나부끼는 가다랑어 포를 타코야끼 위에 담뿍 뿌리는 손길을 관찰하고 있자니 입가에는 침까지 고였다. 사장님의 몸 상태에 따라 붉은 등을 보지 못하는 경우도 많아 진주에 오면 빠뜨리지 않고 먹으려 하는 간식 타코야끼. 앞으로 몇 번이나 더 사장님의 타코야끼를 먹을 수 있을까. 그런 아쉬운 생각이 들면 한 알 한 알 무심히 씹어 넘기기 어렵다. 부드러운 반죽 사이로 잘게 씹히는 짧은 문어 다리조차 꼭꼭 씹어 삼킨다.

　　"내가 만든 타코야끼는 처음 먹어 보나?"

　　사장님은 몇 년 전과 비슷한 질문을 건넸다.

　　"처음은 아니에요. 진주에 오면 꼭 먹어요."

　　"그래. 그럼 공주님은 타코야끼 몇 알 구워 줄까?"

　　사장님의 친근한 물음에 괜스레 안쓰럽고 반가운 마음이 일었다. 아픈 허리로 인해 장기간 서서 장사하기 어렵다고 말씀하셨는데, 지금은 통증이 완화되셨으려나. 대기하는 손님들이 많지 않았다면 사장님에게 안부를 물었을 것 같다.

　　사실 이곳에서 타코야끼를 먹기 전까지 이 음식에 대한 인상은 좋지 않았다. 덜 익은 밀가루 반죽 사이로 질긴 문어 조각이 얄팍하게 들어 있는 모양새는 문어 빵인지, 잘 빚어낸 밀가루 덩이인지 분간조차 되지 않았다. 그러나 사장님의 타코야끼는 달랐다. 바삭한 겉면과 달리 촉촉한 속 안에는 큼직한 문어 살이 들어 있어 씹는 맛이 좋았다. 소스를 뿌려도 표면의 바삭함이 유지되는 건 사장님만의 특별한 비법 덕분이라고 하셨다.

"이래, 바로 소스를 뿌리면 겉면이 눅눅해져 버리거든. 그래서 한 김 식히고 소스를 뿌려야 해. 부채로 식히는 게 별것 아닌 것 같아도 중요한 이유다."

타코야끼를 구워 온 오랜 내공이 설명에서 느껴졌다. 내 뒤로 대기하는 인원이 점차 늘고 있었다. 난 사장님을 대신해 상자 안에 담긴 타코야끼를 부채로 훌훌 부쳤다. 그 위에 소스와 가다랑어포를 뿌리자 내 몫의 야식이 완성됐다.

숙소로 돌아가는 길, 상자를 열자 얇은 레이스 단과 같은 가다랑어포가 나부끼고 있었다. 쿰쿰하면서도 입맛을 돋우는 향을 맡으며 타코야끼 한 알을 베어 물었다. 찹쌀이 적절하게 가미된 반죽은 밀가루 특유의 군내 없이 바삭했고, 두툼한 문어가 식감을 더해 주었다.

"그래. 이 맛이야."

간혹 집 근처에서 타코야끼 트럭을 발견하더라도 사 먹지 않는 건 진주에서 먹었던 것과 맛의 차이가 큰 탓이었다. 망중한에도 불현듯 떠오르는 맛의 그리움은 여행의 욕구를 일으킨다. 그때 그 타코야끼를 맛보려면 결국 다시 가야만 하기에. 본능적인 감각에 스민 맛의 추억은 꾸준히 감쳐 올라 떠올리는 것만으로도 뭉클하다.

한동안 매끈하고 둥근 모양을 보면 잘 익은 타코야끼를 떠올렸다. '맛있게 구워 놨데이.'라고 말하던 사장님의 목소리도 희미하게 들리는 듯했다. 그 맛이 그리웠던 저녁, 산란한 거리에서 타코야끼 트럭을 보았다. 기대한 맛과 다를 것을 알았지만 그날은 '그리운 맛을 상기하는 작업'이 중요했으므로 평범한 타코야끼를 구매했다. 겉보기에는 잘 익은 타코야끼가 상자에 담긴 뒤, 김이 식기도 전에 소스가 뿌려졌다. 초조해진 나는 '바로 소스를 뿌리면 타코야끼가 눅눅해진다고요!'라고 외치고 싶었다. 들끓는 마음을 참다 참다 마침내 터진 건 그 뒤였다. 건네줄 상자를 꼭 닫으려는 손동작에 나도 모르게 정색하며 외쳤다.

"잠깐, 뚜껑을 닫으면 눅눅해져요!"

움찔하던 사장님은 반절 정도 열린 상자에 꼬치를 꽂아 건네주었다. 상자 안에 담긴 타코야끼를 입으로 가져갔다. 물컹한 맛은 기대한 것과 거리가 멀지만 별 수 없었다. 그리운 것은 그리운 대로 곱씹으며 다시 맛볼 날을 기약할 수밖에.

타코야끼 12알 주세요.

내가 맛있게 구워 놨데이.

맛있어 보여요~

이렇게 식히고 소스를 뿌려야 눅눅해지지 않는다.

맛있다

맛있어

정성으로 구운 타코야끼를 먹을 때의 감동이란!

남강을 걸으며 먹었던 타코야끼가 그리울 때가 있다.

부산

**자신에게 보내는
응원과 감사는 언제든 필요하니까**

기록하는 여행을 하다 보면 좋았던 하루를 응시하는 시선
이 깊어진다. 길둥근 연필을 쓸 땐 큰 신발을 질질 끄는 것과
비슷한 소리가 글씨 꼬리에서 맴돈다. 그 소리는 아무것도 없
는 무지 위에서 무언가를 만들어 가는 부지런한 소음이다. 뾰
족한 연필이 가진 날렵함, 단순한 그 힘에 기대어 글을 쓰면 마
음자리가 말끔한 책상처럼 정리된다. 떠오른 생각을 정의하고
의미를 덧대는 일이 나를 자유로 이끌어 준다. 빈 페이지는 생
각과 감정이 자유롭게 노니는 들녘이 되어 주니까. 이 페이지
안에선 모든 것이 가능하다.

한 해를 갈무리할 목적으로 떠난 부산 여행. 이번 일정에
는 수고한 나를 위해 좋아하는 것을 늘어놓고 자축할 계획이
었다. 나만의 파티에 필요한 준비물은 이와 같다. 여행 전에 도

착하도록 주문해 둔 김금희 작가의 소설과 엘레나 페란테의 신간, 새해를 기념하며 쓸 엽서와 다이어리, 내 손에 길들여진 펜과 생강 향이 진한 밀크티 등. 다음은 숙소를 정하는 일만 남았다. 1년에 한 번 정도는 구김 없는 침구와 탁 트인 풍경을 만끽할 기회를 누리기로 자신과 약속해 두었다. 그에 적절한 공간을 찾는 일은 어느 때보다 공을 들였다.

부산 중앙동에 위치한 숙소는 도시의 건축물을 알리는 브리크 매거진에 소개된 내용을 보고 알게 됐다. 기록하는 여행을 제안하는 점이 매력적으로 다가왔기에 후보군에 있던 숙소를 제하고 단번에 이곳으로 정했다. 예약한 날짜에 맞춰 방문한 날, 숙소의 외관은 특별할 게 없어 보였다. 그러나 대로변에 위치한 회벽색 건물 안으로 들어가면 다른 분위기가 펼쳐졌다.

기록을 남기는 숙소 컨셉에 걸맞게 객실마다 문구류가 비치되어 있었다. 난 부산의 아름다운 경치가 담긴 엽서를 구입하여 친구들에게 줄 신년 인사말을 써 내려갔다. 제일 마지막 편지의 수신자는 자신이었다. 편지를 쓴 뒤 리셉션에 전달하면 매월 1일 또는 몇 년 후 자신에게 발송도 가능하다. 난 이 글을 읽게 될 미래의 나에게 간략한 메시지를 적었다.

여행 가방에 챙겨 간 요시모토 바나나의 〈새들〉에는 한 해의 매듭을 여미는 데에 도움이 되는 대목이 있다. 책을 읽다 보면 녹슬어 있던 마음을 문질러 손질하는 기분이 든다. 그때 인상 깊게 읽었던 문장을 이곳에도 옮겨 적는다.

> 온 인생이 자신의 기분과 목표로 구성되어 있다면 갑갑해서 살 수가 없고, 어떤 일화도 끼어들지 못한다. 절반은 바깥쪽에서 오는 것이니, 사람은 그에 반응하고 움직이며 그럭저럭 살아갈 수 있는 것이다.
>
> 날씨와 키우는 법. 그런 것들의 흐름을 따라 보살펴 주면 대개 밭은 70퍼센트 정도는 답해 주니까 적당한 기쁨이 찾아온다. 100퍼센트를 추구하는데 70퍼센트에서 90퍼센트 사이만 답해 주니까. 우연히 좋은 향내도 맡을 수 있는가 하면 아쉬움도 알맞게 있어, 마침 좋은 기분을 만끽할 수 있다. 선물 같은 느낌이 든다. 그런 것이 전혀 없어도 또 내년이 있다. 살아 있으면 내년이 있고, 내년까지 쉴 수도 있다.
>
> - 〈새들〉, 요시모토 바나나 P.143-144

읽던 책에서 마음과 밀접하게 맞닿은 문장을 찾으면 모난 시샘을 느끼는 동시에 찬탄하게 된다. 좋은 문장이란 적절한 시기에 만난 인연과 같아서 드물게 좋은 씨앗을 마음에 떨어뜨린다. 그것이 혼자 자란 뒤에는 말을 걸어온다. 옛 친구의 따뜻한 인사처럼. 내가 왜 그 말을 잊고 있었을까, 탄식하게 되는 막역한 문장과의 조우는 그렇기에 소중하다.

일상의 단면을 관찰하는 기록자로서 남겨 둔 메모를 신뢰하는 편이다. 그것들은 시간이 지난 뒤에 소중한 장면을 떠오르게 하는 버튼이 된다. 글쓰기를 통해 기억의 버튼을 남기는 건 사진을 찍는 일에 비하면 에너지가 소요되지만 그만한 가치가 있다. 다녔던 곳들을 떠올리며 재생 버튼을 누르면 정성 들여 만든 기록이 마음을 어루만진다. 삶이 팍팍하거나 무료함에 진력이 나서 멈추고 싶은 날에는 만들어 둔 버튼을 골라 누른다. 그 순간, 그리운 장면과 고마운 사람들이 선명하게 나타난다.

'하동에서 봤던 섬진강의 절경이 멋졌는데. 이맘때면 꽃이 피었겠지. 보러 가야겠다.'

또 다른 일정을 계획하며 힘껏 설레는 내일을 떠올린다. 나는 자신을 위한 기록의 버튼을 다듬어 만드는 일에 많은 시간을 소요한다. 바라건대, 이 글이 누군가에게 밀폐된 집에서 벗어날 수 있도록 독려하는 친구 같은 책으로 남았으면 좋겠다. 그런 면에서 이 글은 짧은 외출을 권하며 마음의 문을 두드리는 성가신 노크와 같다. 똑똑- 잠시 나와서 바람이나 쐬자고, 햇살이 눈부시게 예쁜 오후라고, 바쁘게 지내는 사이 늦봄이

뜰 앞에 찾아왔다고 말해 주고 싶다. 귀찮더라도, 쉴 새 없이 바쁘더라도 이 계절을 흘려보내기에는 날이 너무 좋다고 이야기하고 싶었다.

어쩌면 난 경험을 기억하고 싶어서 글쓰기를 선택한 건지도 모른다. 찰나의 여운을 허술히 흘려보내지 않기 위해 기록의 망으로 잡아 두는 것이다. 오늘도 난 날렵함을 닮은 편안한 글씨로 글을 적는다. 내가 본 하늘의 농도와 바다의 깊이에 대해 말하고, 갑작스레 쏟아진 비의 방향과 직접 들어 알게 된 눈 오는 소리를 정확히 묘사할 수 있을 만한 단어들을 조합하면서.

명소에서 비슷한 포즈로 찍은 사진 말고 다른 방식으로 기억을 보관하는 건 어떨까. 그 방법으로 뾰족하게 다듬은 연필과 메모장을 추천하고 싶다. 여행의 여운이 날아가 버리기 전에 문장으로 채집하여 남겨 두는 것이다. 빈 페이지를 채울 글씨는 반듯하지 않아도 괜찮다.

이번 여정은 해운대의 앞바다와 같은 창연한 빛을 띤다. 그 기록은 활기차게 푸르러서 무력하게 어깨가 기울거나 그림자마저 무겁게 느껴지는 날에 소중히 꺼내어 보고 싶다.

남해

**친구가 아니더라도
잠시의 동행이면 충분히 따뜻한**

지역마다 바다의 빛깔은 다르다. 어떤 해변은 물을 충분히 적신 붓으로 경계를 풀어 놓은 듯 투명하고, 어떤 바다는 깊이를 헤아리기 힘든 검푸른 색으로 거세게 물결친다. 거친 파도의 변주는 구스타프 홀스트의 '행성' 중 1악장, 화성의 비장한 분위기를 닮아 장엄하게 일렁였다. 우주의 순환 방식을 표현한 시화를 감상하는 기분으로 남해를 보았다. 멀어져 가던 파도는 경로를 바꿔 내 쪽으로 밀려왔다. 신발 앞코가 파도에 젖었지만 성급한 짜증 대신 즐거운 비명이 터져 나왔다.

사는 게 버거운 날에는 지금 본 풍경을 떠올려야겠다고 다짐한다. 감탄하며 본 바다의 빛깔과 파도 소리를 떠올리면 창조주가 빚어낸 절경의 중심에 그보다 더 섬세한 손길로 빚어낸 생이 있음을 깨닫는다.

바다의 빛깔은 시시각각 변화하기에 지켜보는 게 지루하지 않다. 그래서일까, 가까이에서 매일 바다를 보는 이들이 부럽기만 하다. 바다가 보이는 침실을 갖는 건 어떤 기분일지 상상해 본다. 부서지는 파도를 보며 아침을 연다는 점에서 충만한 행복이 있으리라. 아이러니한 건 여행지의 절경도 익숙해지면 단편적인 동네 풍경이 되어 버린다는 점이다. 자주 보면 매력적인 것도 평범한 것으로 전락하고 눈부시게 아름다웠던 광경도 반짝임이 덜해진다.

그럼에도 바다가 보이는 침실을 가진 이에 대한 부러움은 여전하다. 붉어진 석양으로 하늘과 바다가 물들면 읽던 책을 덮어 두고 흰 도화지를 펼치고 싶다. 코발트블루 물감은 적게 쓰고, 붉은색 물감은 충분히 짜서 부지런히 붓질을 이어 가는 나의 모습을 그려 본다. 어쩌면 바다를 보는 일이 익숙한 일과가 아니라서 파도를 응시하는 시간이 긴 걸지도 모른다. 그럼에도 무언가를 끈질기게 좋아하는 기질을 토대로 예상하는바, 난 바다가 보이는 창을 갖더라도 파도와 해변을 계속해서 좋아할 것 같다.

그날 저녁, 숙소 공용 공간에서 한 여성과 대화를 나눌 기회가 생겼다. 그녀는 나와 동갑내기로 휴가를 즐기러 남해에 왔다고 자신을 소개했다. 여행 정보를 나누던 우리는 해안가를 산책하며 시간을 보냈다. 숙소 앞에 있는 향촌조약돌해안은 인적 없이 파도 소리만 들려왔다.

여성은 1년 남짓 일하며 겪은 교직 생활의 고충을 터놓았다.

"방학이기도 하고 혼자 생각 정리도 할 겸 여행을 오게 됐어요. 학교에 매여 있는 시기에는 이날만을 손꼽아 기다렸는데, 혼자 하는 여행은 마냥 흥이 나지 않네요. 이런 모습을 보면 기대와 현실은 늘 충동하는 건가 싶어요. 임용고시 준비 시절에는 교사만 되면 아무 문제 없다고 믿었거든요. 물론 이 생활도 예상한 것과 다른 괴리가 있다는 걸 깨닫고 여러 고민도 있었지만요. 그쪽은 여행하면서 글을 쓰는 일이 잘 맞나요?"

여성은 '여행하며 글을 쓰는 게 낭만적으로 보이지만 실제로는 어려움이 있지 않느냐.'고 물었다. 자신이 경험한 괴리만큼이나 내가 하는 일에도 보이는 것과 다른 간극이 있음을 헤아리는 것으로 느껴졌다. 난 '새로운 곳을 가는 건 좋지만 느낀 것을 글로 풀어내는 일은 어렵다.'라고 답했다.

"지금 하는 일에는 만족하는 편이에요?"

"힘들지만 새로 맡게 될 반 아이들에게 담임으로서 괜찮은 모습을 보이고 싶은 걸 보면 아직은 할 만한 것 같아요. 잘 해내고 싶어요."

'잘 해내고 싶어요.'라는 말은 힘들다는 말을 앞지르는 여자의 본심이었다. 그녀는 여행 중에 수업 자료로 활용할 만한 벽화를 발견했다며 사진을 보여 주었다. 전통 놀이 장면을 담은 벽화 사진이 휴대폰 안에 여러 장 담겨 있었다. 학기가 시작되면 여자는 찍어 둔 그림으로 아이들을 위한 수업을 하겠지. 새로운 학급의 아이들을 가르치는 여자의 반듯한 얼굴이 그려졌다.

짧은 산책 후 우린 각자의 방으로 돌아갔다. 밤늦도록 잠을 이루지 못하다가 수정 중인 원고를 꺼내어 읽었다. 페이지를 넘기는 속도가 느려지는 시점에서 난 여자를 떠올리며 중얼거렸다. '잘 해낼 수 있을 거야.' 그렇게 말하며 몇 번이나 고개를 끄덕였다.

이른 아침 숙소를 나섰기에 여자를 보지 못했다. 그러다 우연히 카페에서 마주쳤을 땐 무척 반가웠다. 난 여자의 자리에서 대각선 위치에 놓인 테이블에 앉았다. 각자 시간을 보내다 먼저 일어난 건 여자였다. 그녀는 인사하며 '즐거운 여행이 되기를 바란다.'라고 말했다. 오늘처럼 또 다른 곳에서 만날 가능성은 미미하겠지만, 만약 그런 우연이 반복되면 그땐 이름을 물어도 될까. 그런 생각을 하며 여행지에서의 짧은 인연이 채워 준 밤을 추억하는 데에 만족했다.

이전에는 타인과의 접점이 생기면 그 점을 다른 점으로 연결하려 노력했다. 누구도 짊어져야 한다고 말한 적 없는 짐을 떠안고 타인의 환심을 사거나 가까워지기 위해 노력했던 일은 마음을 버겁게 만들었다. 어느 순간 그 짐을 내려 두자 홀가분했다. 혼자만의 단순한 생활을 이어가면서 인간관계는 명료해졌고, 우연히 만난 사람과의 짧은 인연에서 얻은 온기로도 내면은 일정 정도 채워졌다. 관계의 화음이 맞는 이를 만나면 적극적으로 친구가 되려 하겠지만 그런 경우가 아니라면 잠깐의 대화와 찰나의 유대만으로도 좋다고 생각한다. 꾸준히 이어가는 인연에서만 의미를 찾으면 안고 갈 필요 없는 관계도 꾸역꾸역 떠안고 가게 되니까.

계획된 일정을 끝마친 여자는 일상으로 돌아갔고, 난 다음 여행지로 향했다. 이곳에서는 어떤 이들과의 만남이 이어질까. 여정 중에 멋진 벗을 만날 수도 있다. 짧은 어울림이 긴 인연으로 발전하는 기분 좋은 바람은 늘 마음 한편에 담아 두고 있다.

돌아가는 버스 안, 눈을 감고 해변에서 보았던 다양한 모양의 돌을 떠올렸다. 잘 익은 당근과 같은 붉은색을 띤 돌, 브리 치즈 조각을 닮은 돌, 조개껍질과 같은 울퉁불퉁한 표면을 가진 돌과 수저받침으로 쓰기에 알맞은 돌 등. 해변 근처에는 '조약돌의 집은 해변이니 가져가지 말아 주세요.'라는 팻말이 있었다. 해변가를 걷다 '누름돌' 용도로 쓰기에 알맞은 돌을 찾았지만 욕심을 비우고 얌전히 제자리에 놓아 두었다. 꼭 그것을 취해야만 여행을 기념할 수 있는 건 아니었으므로 매끄럽게 다듬어진 돌을 카메라에 담으며 만족했다. 마찬가지로 누군가와의 인연도 길게 이어 나가려 노력해야만 내가 매력적인 사람이 되는 것도, 만나서 통성명을 한 사람들과 연락처를 주고받아 친해져야만 의미 있는 것도 아니다. 거쳐 가는 인연 중 좋은 동료가 될 만한 존재는 작위적인 노력을 들이지 않아도 가까워진다. 귀한 인연을 찾는 과정이라 생각하면 단발성 만남과 스치는 인연들에 대해 허무하게 여기지 않을 수도 있다. 귀한 건 쉬이 주어지지 않는다는 걸 알면, 혼자인 것에 대한 조급함보다는 독자적인 시간을 지혜롭게 보낼 대안을 고심하게 된다.

난 '잘 해내고 싶다.'라는 여자의 말을 곱씹었다. 짧은 인연은 옅은 아쉬움을 남기지만 같이 나눈 대화와 즐거운 여운은 사라지지 않는다. 나 또한 그녀가 다짐했듯 내가 하는 일들을 체념하는 대신 잘 해내고 싶다. 우린 그 순간 같은 마음을 공유한 게 아닐까. 이처럼 짤막한 인연은 잠시나마 내면에 공명을 일으킨다.

어떤 여정에는 눈을 맞추며 같이 웃고,

넘어졌을 때 위로해 주며

보폭을 맞춰 같이 걸어갈 친구가 필요하다.

혼자 여행을 하면서 이 과정을 함께 기억하고 공유할 친구가 있으면 좋겠다고 생각했다.

남해

## 내가 만약 고양이가 될 수 있다면

그는 차라리 내가 고양이였으면 좋겠다고 말했다. 귀찮게 엉겨 붙지 않고 독립된 영역에서 혼자 지내는 고양이의 습성은 그가 바라는 이상형의 조건이었다. 그 말을 떠올린 건 늦은 오후 카페에서였다. 창가에 비치된 원목 의자에 검은 고양이가 앉아 있었다. 녀석은 게슴츠레한 눈을 살풋 뜨고 이쪽을 확인한 게 전부였다. '귀찮게 누가 왔느냐.'라고 묻는 시선에서 카페의 실질적인 권세는 꼬리가 뭉툭한 검은 고양이에게 있다는 걸 짐작할 수 있었다. 가슴털에 가려져 보이지 않았지만, 몸통 아래 포개어진 다리를 단정히 접어 두고 있는 듯했다. 무방비한 자세로 식빵을 굽는 모습은 이 공간에 대한 나른한 신뢰를 드러내고 있었다. 처음 봤을 땐 사고로 꼬리를 다친 흔적이 있었으며 사람에 대한 경계심도 높았다고 카페 주인은 말했다. 가게 입구에 먹이 그릇을 놓아둔 일이 가까워진 계기가 됐단다. 얼마 뒤 턱시도를 맨 거리의 무법자는 사장님의 가족이 되었다. 녀석은 낯선 이가 만지려 하면 앞발을 세우거나 이빨을 드러냈다. 성가시게 하지 말라는 경고이니 조심해야 한다는 사장님의 말에 멀찍이서 지켜보았다.

음악 소리조차 들리지 않는 카페에서 사장님의 목소리가 또렷하게 들렸다. '솔아.', '솔이야.' 고양이의 이름은 솔이였다. 날렵한 눈매, 윤기 나는 검은 털 사이에 무뚝뚝한 눈동자와 어울리지 않는 상냥한 이름. 솔이는 '부르니까 가 준다.'라는 표정으로 바닥에 사뿐 내려앉았다. 바닥에 깔린 러그 위에서 스적거리는 작은 발의 움직임은 은근한 귀염성이 배어 있었다.

문득 고양이가 된다면 어떨지 상상했다. 내가 만약 고양이라면, 사람들의 관심에 어떻게 반응할까. 귀찮더라도 기분 좋은 척 골골거림을 연기하며 사랑받는 고양이가 되기 위해 부단히 노력하려나. (애초에 이런 생각을 하는 것 자체가 고양이답지 못하니 고양이로서의 자질이 부족한 것 같다.)

어른들과 선생님, 커서는 직장 상사와 가까운 연인 앞에서 난 얌전한 고양이가 되려 최선을 다했다. 하다못해 주인이 오면 꼬리를 흔들며 반기는 강아지라도 되어야 애정을 얻는 게 가능하다는 가엾은 배움을 학습했던 탓이다. 주인에 대한 충성심은커녕 복사뼈에 얼굴을 문대며 애교를 부리지 않아도 사랑받는 고양이들이 내심 부러웠다. 도도해도 사랑받는 고양이들과 달리 난 애정을 얻으려면 상대가 요구하는 기준을 맞추고 허들을 넘어야 했다. 사랑받기 위해 타인의 기대를 충족시켜 주어야 한다면, 일정 금액을 내고 물건을 구매하는 행위와 다를 게 없지 않나. 계산을 치러서 얻는 건 사랑이 아닌 거래였다. 난 관계에서 기꺼운 애정 대신 오가는 계산에 실망과 환멸을 반복했다. 약간의 수고도 번잡한 손해로 생각하는 관계, 합리성을 운운하는 일이 친구나 가까운 연인 사이에서도 당연하게 적용되는 상황에 격렬한 거부감이 일었다.

때로는 내가 사랑스러운 고양이가 될 수 없다면 매력적인 여인이나 자신만의 전문성을 지닌 대체 불가능한 능력자가 되어야 한다고 믿었다. 그렇지만 난 그런 아름다움과 재능을 타고나지 못했다. 존재 자체로 축하받던 유아기로 돌아가 도리도리, 쬠쬠 따위의 작은 몸짓으로 어른들의 얼굴에 웃음꽃이 피게 할 수도 없는 노릇이었다. 나이가 들수록 있는 그대로의 모습을 인정해 주는 사람을 만나는 게 어려운 일이라는 것을 실감하게 된다. 난 내 안에 부족하고 모난 점들 사이에서 특수한 귀염성을 알아봐 주는 섬세한 관찰자가 필요했다. 작고 귀여운 시절에는 사랑으로 키우다 일정 시점이 지나면 강아지를 유기하는 일, 밤마다 시끄럽게 운다는 이유로 길고양이들을 위해 놓아둔 사료에 농약을 타서 몰살하는 사건, 관리의 중요성을 강조하며 화장과 옷 상태에 대해 오가는 살기 어린 평가의 말들. 도처에서 자행되는 폭력을 접할 때는 생각한다. 있는 그대로의 모습으로 사랑받지 못하여 상처 입은 건 나뿐만이 아니라는 것을.

"좋은 주인을 만났네요, 솔이는."

주인은 고개를 끄덕이며 '솔이 덕분에 제가 다시 생명을 사랑할 기회를 얻었죠.'라고 답했다. 그녀는 키우던 고양이가 쥐약을 먹고 죽은 뒤로 그 어떤 동물도 키우지 않겠노라 다짐했다고 한다. 상처받은 솔이를 보며 끊어 내기 어려운 정을 느꼈다고 말하는 사장님의 시선이 창가로 향했다. 눈길이 머문 곳에는 몸을 둥글게 말고 있는 검은 고양이가 있었다.

"다른 사람들이 봤을 땐 딱히 예쁘지 않다고 여길지 모르지만, 목덜미의 하얀 털의 경계가, 살짝 짧은 꼬리의 움직임이, 이따금 자신에게 관심을 갖지 않는다 싶을 땐 나지막한 소리로 우는 게 제 눈에는 얼마나 귀여운지 몰라요."

'특히 목덜미의 흰 털은 등허리의 털보다 따뜻하고 부드러워요.'라는 말을 덧붙이는 사장님의 눈빛에서 있는 그대로의 오롯한 사랑이 느껴졌다.

세상의 어떤 존재든 고유의 귀염성을 갖고 있다. 단지 그것을 발견해 주는 사람과 바라는 기준대로 바뀌기를 요구하는 이가 있을 뿐이다. 나만이 갖고 있는 고유의 매력과 귀염성을 알아봐 주는 이를 만나면 자신의 욕구를 억제하거나 억지로 바꾸기 위한 노력을 하지 않아도 괜찮다. 사랑을 주는 일이 하나의 권력이자 특권이라 생각하는 부류와의 관계에서 애정은 피나는 노력으로 얻어야 할 고난도의 미션이 되어 버린다. 그런 사람의 시선에서 난 언제나 고치고 바뀌어야 마땅했다.

나를 아프게 찌르던 말이 되살아나 귓가를 울린다. 바람에 뒤섞여 있는 말들, 나를 단죄하고 몰아내는 평가의 말을 의식적으로 지워 낸다. 귀를 막고 눈을 감는다. 그 모든 언어의 숲에는 애정이 없음을 이제는 알고 있다. 나의 본래 모습을 부정하는 이에게 사랑받기 위해서는 누가 봐도 귀여운 고양이었다가, 눈에 띄지 않는 유령이었다가, 상대의 지루함을 완벽한 몰입으로 바꿔 줄 매력적인 여인이 되어야 했다. 그러나 난 그 어떤 역할도 제대로 해내지 못했다. 난 그저 나일 뿐이었다. 나를 인정하지 않는 모난 판단과 냉소의 언어를 자각하며 그저 있는 그대로 바라봐 주는 사랑을 간절하게 그렸다. '그걸 왜 좋아해? 취향 참 별나네.', '그러게 네가 잘 좀 하지 그랬어.', '예쁜 짓을 해야 예뻐해 주지. 사랑받고 싶으면 그만한 노력을 좀 해.' 라는 말의 수풀 속에 서 있으면 유독 나 자신은 작아졌다.

상대의 기준에 맞추려고 무리하게 이어 가던 노력을 멈추었지만 낙심하지 않았다. 귀여운 고양이가 되지 못하더라도 귀중히 품어 주는 이가 있으리라는 희망을 포기하지 않았기에.

## 새벽의 산책에서
## 추억을 발견할 수 있는 것도
## 여행이 아니겠어요

집이 아닌 곳에 머물더라도 나만의 규율을 지킨다. 여행을 와서도 예외는 없다. 해야 한다고 정해 둔 일은 가타부타 핑계를 만들지 않는다. 마음만 먹으면 부득이한 사정과 피치 못할 일들을 차고 넘치게 만들 수 있다. 성실한 습관의 기틀을 마련하여 지키는 일은 힘들지만, 느슨히 타협하여 무너지는 일은 쉽다. 미룬 일은 불어 터진 우동 면과 같은 처치 곤란 상태로 결국 자신에게 돌아온다. 스스로 만든 결과이니 누굴 원망할 수도 없다. 시간에 쫓겨 제대로 해내지 못하거나 과도한 스트레스와 후회를 반복하며 만족하지 못할 부끄러운 결과물을 남기는 일을 경계하고 싶다. 내가 지금 겪어 내지 않고 피하거나 흐지부지 넘긴 일은 더 복잡한 형태로 내일의 나에게 떨어진다.

여행지에서도 평소 일상과 다르지 않은 시간을 보낸다. 아침에 일어나면 스트레칭과 운동을 한 뒤 충분한 수분 섭취로 침체된 정신을 일깨운다. 숙소 근방을 산책하기 위해 이른 시간에 일어나 부옇게 밝아 오는 새벽의 중심으로 걸음을 옮긴다. 흐릿했던 시야에 이르러 하루를 시작한 마을 주민의 모습과 동이 트며 물드는 태양의 시작점이 한눈에 들어온다. 낙조의 쓸쓸한 빛깔과 다른 분홍빛 활력이 동쪽에서 떠오르는 시간, 수심기 어렸던 얼굴에 미소가 번진다. 이르게 시작한 하루가 이미 제법 괜찮은 시작을 알리는 것만 같다.

난 사람이 많지 않은 한적한 시간에 걷는 것을 좋아한다. 어두운 밤보다는 가지런한 새벽과 활기찬 아침에 단독으로 즐기는 여유를 애정하는 편이다. 사람과 차가 거의 없는 동네 주택가와 닫힌 상점들 사이에 희미한 빛이 보이면 꽤나 반갑다. 희뿌연 빛이 새어 나오는 창문을 보며 부지런히 아침을 여는 누군가의 성실함에 응원을 보내고 싶다. 바지런한 움직임에 보상이 될 만한 제법 괜찮은 하루가 되길 바라는 마음으로 거리를 걸었다.

새벽이 옴에 따라 밤하늘은 뒤로 물러서고 빈자리에는 진한 밤과 이른 아침을 중탕한 옅은 빛깔의 새벽이 녹아든다. 하늘의 변화를 지켜보는 새벽의 목격자가 되는 건 제법 보람차다.

동네 산책을 할 땐 풍미가 진한 초콜릿을 녹이듯 천천히 움직인다. 불을 켜지 않은 가게의 창으로 물건을 구경하기도 한다. 가게 주인의 편히 보라는 인사에 더욱 부담을 느끼는 나에게는 새벽 쇼핑이 알맞다. 상가와 골목을 살피며 걷다 보면 전봇대나 벽면에 붙여 둔 전단지, 간판을 눈으로 읽는 경우도 생긴다. 누군가의 잃어버린 강아지를 찾는 전단부터 파격 할인을 알리는 붉은 고딕체가 인쇄된 전단지, 새로 개업한 식당의 간판 등을 올려다보기도 한다. 그런 순간에 소소한 게임을 임의로 시작한다. 그 게임이란 오래된 간판을 찾는 것이다.

척 보기에도 연식이 오래된 간판을 발견하면 지나쳐 버린 어떤 시절이 희미하게 보이는 듯하다. 이 감정은 영영 돌아갈 수 없는 한때에 대한 아릿한 그리움에 가깝다. 옛 친구의 쪽지나 사진첩을 보며 '그랬던 시절이 있었지.'하고 떠올리게 되는 세피아 톤의 아련한 기억들. 한곳에서 오래도록 버티고 선 건물과 간판은 누군가의 추억 속 배경으로 자주 등장한다. 가령 내가 살던 지역에는 '콤마'라는 소품 가게와 'TTC'라는 영화관이 있었다. 친구들과 시내에서 약속을 잡으면 '콤마에서 봐.', 'TTC 앞으로 오면 돼.'라고 말하곤 했다. 두 곳 모두 현재는 사라졌지만, 나의 기억 속에는 여전히 정다운 모습으로 남아 있다. 친구를 기다리며 아기자기한 노트와 편지지를 구경하던 '콤마'의 내부도, 'TTC' 건물 앞에서 신작 포스터를 구경하며 친구를 기다리던 앳된 내 얼굴도.

한 동네에서 몇십 년간 버티고 서 있던 건물의 간판은 여러 사람의 추억이 겹쳐져 있다. 간판의 색이 바랜 만큼 그곳에서 성장기를 보낸 누군가의 얼굴에도 주름이 깊어졌으리라.

연식이 있는 간판은 잊힌 기억을 되짚는 출입구가 되어 주기도 한다. 추억의 테두리를 선회하면 근방을 쏘다니던 어린 시절의 내 모습과 푸릇했던 누군가의 목소리가 발한다. 오롯한 추억이 깃든 장소에 머물면 우리는 사랑했던 것들을 새삼스럽게 떠올릴 수 있다. 이젠 아득해진 어떤 이름들을. 그건 모음이나 자음이 한두 개 떨어진 낡은 간판일 수도 있고 덧니가 귀여운 옆집 친구의 이름일 수도 있으며 엄마와 설탕 꽈배기를 사러 갔던 가게의 침 고이는 기름내이기도 하다. 아니면 비디오 가게에서 어떤 만화 영화를 볼지 고민하는 유년 시절 나의 티 없는 얼굴이기도 하다.

그런 생각을 할 즈음 오래된 간판을 찾는 놀이가 더욱 흥미로워져서 진지하게 임한다. 간판을 찾을 때의 기준은 특별히 없지만, 낡으면 낡은 대로 보수하지 않는 게 제일 좋다. 오랜 기간 누군가의 청춘 한 대목에 놓여 있던 건물이나 간판은 그 자체로 깊은 의미를 담고 있기에 최대한 보존되었으면 좋겠다. 향수를 일으키는 간판을 보며 추억이 지닌 고무적 특징을 알 수 있다. 기억이란 시간이 흐를수록 아름다운 형태로 다듬어진다. 실제와는 다른 면이 있더라도 떠올리며 미소 짓게 되는 한 시절이 누구에게나 있지 않던가. 어떤 한 계절을 상기하며 '참 좋았지.'하고 감상에 젖을 만한 회억은 살면서 꼭 필요한 것 같다.

특히 목포나 청도, 구례에서 오래된 연식의 간판이 눈에 자주 띄었다. 한눈에 보기에도 낡은 간판에는 붉은 글씨로 '최신 이발소'라고 적혀 있었는데, 최신이라는 말과 상반되게 흐릿한 붉은색과 정직한 형태의 고딕체가 친밀했다. '숯불가ㅂ,'라는 글자만 남은 간판은 몇십 년간 한자리에서 유지된 노포의 저력이 느껴졌다. '구례카시미론'이라는 침구 종합 판매 가게는 여러 건물 사이에서도 눈에 띄었다. 캐시미어의 일본식 발음인 카시미론이라는 표기와 페인트칠이 벗겨진 건물 벽면에서도 세월이 고스란히 느껴졌다.

기억에 남는 옛 간판 중에는 '황태자 음악홀'도 있었다. 이곳은 오래전 '인싸'라 불릴 만한 멋쟁이들의 집거지로 이용되지 않았을까. 왕년에 콜라텍에서 청춘을 불살랐던 끼 많은 청년들이 그곳에서 여전히 노래를 흥얼거릴 것만 같다.

층고가 높은 건물이 하늘을 가릴 일 없는 시골에서는 무엇 하나 부자연스럽게 튀는 법이 없다. 세월이 퇴적하여 만들어 낸 흔적이 남아 있는 거리를 산책하는 건 색다른 시간 여행이 된다. 이른 아침에 이어 간 놀이는 동네 한 바퀴를 돌고 난 뒤에 마무리됐다.

　동네 마실의 끝, 이른 시간부터 문을 연 가게에 들어갔다. 대개 이른 시간에 시작한 가게는 세 가지 중 하나일 확률이 높다. 카페나 방앗간, 국밥집. 어떤 날에는 허기진 속을 주밀하게 채워 주는 국밥을 먹고, 카페에서 갈앉은 속을 따뜻한 차로 데우기도 한다. 히비스커스 티를 마시며 볶은 원두의 진한 내음을 실컷 맡는 아침은 평화롭다. 카페인 섭취를 하지 못해도 커피를 마시는 분위기에 흠뻑 취하는 건 가능하다. 향으로나마 간접적으로 즐기는 음식이 있듯 여행 또한 마찬가지다. 그곳에 정착하지 않더라도 주변 경치와 풍기는 향, 주민들의 관숙한 태도 등을 통해 고유의 지역 문화를 알아 가는 묘미가 있다. 시골 마을일수록 그곳만의 특색이 훼손되지 않고 유지되는 경우가 많다.

　정겨운 마을의 자태를 만끽하기에 아침 산책만큼 좋은 게 있을까. 남들보다 한발 먼저 일어나 잠들어 있는 골목을 하나둘 둘러보면 그곳을 이해하는 폭이 넓어지고 애정이 생겨난다.

# 03

## 떠나야만 비로소
## 보이는 세계

길을 걸으며 뒤를
돌아보기도 하고

숨을 고르며 멀리
내다보다가

잠시 멈춰서 중요한 것을
놓치고 있진 않은지
생각도 하며 걷는 길

그리고 보면
내가 그땐
예민했던 게
아닐까.

어느새 눈앞에
맑은 섬진강이
보였다.

걷다 보니
어느새
여기까지 왔네.

구례

## 당신은 지키고 싶은 고향이 있습니까

우리 밀의 산지인 구례는 빵순이들 사이에서 명소로 알려져 있다. 유기농 재료로 만든 천연 발효 빵을 맛볼 수 있다는 소식에 목적지를 이곳으로 정했다. 흐린 하늘은 일찌감치 비를 예고하더니 역에서 내릴 무렵, 굵은 빗방울이 떨어졌다. 우산 없는 빈손으로 급히 택시를 잡아탔다.

"가는 날이 장날이라더니 오늘따라 비가 많이 오네요. 여행 오신 건가요?"

기사님은 유쾌한 투로 인사를 건네셨다.

"맞아요. 구례에 처음 왔어요."

나는 기사님께 구례에 여행 온 사람에게 추천할 만한 장소가 있느냐고 물었다. '추천할 만한 곳이라.' 턱 끝을 매만지며 골똘하던 기사님은 '이 시기에 가기 좋은 곳이 있긴 하죠. 고즈넉하고, 평화롭고, 단정한 곳.'이라고 답하셨다.

택시는 협착한 도로를 달리다가 운치 있는 전통 가옥 앞에 멈춰 섰다. 도착한 곳은 시골집과 같은 분위기의 쌍산재라는 고택이었다. 따뜻한 장면이 가득한 주변을 천천히 둘러보았다. 껍질을 깎은 감이 처마에 매달려 있고, 소쿠리에 담긴 모과는 목이 갈근거리는 밤에 끓여 마시고 싶을 만큼 따뜻한 빛깔로 물들어 있었다. 집 한편에는 검붉은 색으로 말라 가는 고추가, 처마에 걸어 둔 시래기두름에는 흰 서리가 내려앉았다. 툇마루에 놓인 옴팡한 소쿠리, 앉은뱅이 상 받침에 오얏꽃 무늬, 부뚜막에 놓인 묵직한 솥뚜껑의 둥근 이음새 등 고즈넉한 풍경을 실컷 감상한 뒤에 기사님이 추천해 주신 식당에서 솥밥 정식을 먹었다.

"추천하신 식당 가 봤는데, 오이무침이나 다른 반찬 모두 맛있었어요."

"다행이네요. 그 식당 외에 근방의 가게들도 음식이 괜찮아요. 재료가 좋은 영향이 크겠죠. 구례는 물 맑고 공기가 좋아서 농산물이 맛있거든요. 특히 구례 오이는 백화점으로 납품할 정도로 품질이 훌륭해요. 저기 저 비닐하우스에서 키우는 게 오이예요."

차창으로 웅크리듯 모여 있는 비닐하우스가 보였다. 신선한 오이의 아삭한 맛이 떠오르자 다시금 허기가 일었다.

"구례는 공기 좋기로 알아주는 지역이에요. 피톤치드도 많이 나와서 술도 잘 취하지 않죠. 소주 한 병이 주량의 최대치인 사람도 여기서는 서너 병도 너끈히 먹을 수 있어요."

"주당들이 살기엔 최적의 마을이네요."

차는 어느새 섬진강이 보이는 다리로 들어서고 있었다. 물안개가 껴서 다리가 투명한 하늘 위에 떠 있는 것 같았다. 흐린 창밖을 응시할 때, 기사님은 구례의 뜻을 아느냐고 물으셨다.

"혹시 구례의 뜻이 뭔지 알고 있어요? 여행할 땐 그 안에 담긴 이야기들을 알아야 더 재밌어요. 그냥 오가다 보면 의미도 모르고 기억에도 잘 안 남아요."

보통 마을 지명은 동네의 번성과 풍년을 기원하는 이름을 붙이지만, 구례는 특이하게 '예를 중시하는 고을'이라는 의미를 갖고 있다고 한다. 전통 있는 맛집 외에도 지역 문화와 특성을 꿰고 있는 기사님의 넓은 정보력이 예사롭지 않았다.

"기사님은 구례에 대해 아시는 게 많으시네요. 혹시 이곳에 사신 지 오래되셨나요?"

"어릴 때부터 살았어요. 방광 초등학교라고 지금은 폐교된 곳이 모교예요. 되돌아보면 오랜 세월이 흘렀네요. 조금씩 바뀌긴 했지만 대체로 옛날 풍경이 잘 유지되고 있는 마을이에요. 서울에서는 시간이 조금만 흘러도 거리가 바뀌고 본래 있던 가게들도 사라지지만, 이 마을은 한결같아요. 젊을 시절, 도심에서 지낸 적도 있었는데요. 나이가 든 뒤에는 결국 가족과 옛집이 있는 고향으로 돌아오게 됐어요."

추억과 일상이 한데 뒤섞여 있는 고장이 기사님에게 어떤 의미인지 어렴풋이 알 수 있었다. 기사님은 애정이 듬뿍 느껴지는 투로 구례에 대한 여러 이야기를 해 주셨다. 그중 재미있었던 건 기차를 타고 처음 내린 곳이 '구례역'이 아닌 '구례구역'으로 불리는 이유였다.

"예부터 이곳이 선비의 마을이었기 때문이에요. 책 읽는 선비와 서당이 많은 마을에서 기차 소리가 들리면 공부하는데 방해가 될 테니까요. 그래서 마을에서 떨어진 곳에 구례의 입구라는 뜻의 구례구역을 만들었어요."

고향에 대한 남다른 애정이 멋지다고 말하자 기사님은 모자를 눌러쓰며 답했다.

"꼭 고향이라는 게 태어나고 자란 곳이라고 할 수 없더군요. 난 토박이지만, 섬진강과 지리산에 대한 남다른 애정 때문에 정착한 분들도 있어요. 본래 살던 곳보다 구례를 더 사랑하게 된 거죠. 그런 분들에게 이곳은 고향과 진배없을 거예요."

마을에 대한 애정은 택시 기사님 외에도 우연히 들렀던 책방 주인, 귀촌하여 살고 있는 숙소 사장님의 이야기를 통해 느낄 수 있었다. 이들에게는 구례가 마음의 고향이었다.

"지키고 싶은 고향이 있다는 게 멋지네요."

"그런 마음 덕에 구례가 훼손되지 않은 옛 모습을 유지할 수 있는 거겠죠. 적당히 이용하거나 소모하려는 마음보다는 애정이 기반 되어 있으니까."

나에게 지키고 싶은 고향이 있었던가. 내가 안간힘을 다해 지키고 싶은 건 사적인 영역의 것들이 전부였다. 내 생활을 어떻게 유지하고 미래를 어떤 모양으로 만들어 갈지 고민했을 뿐, 공동체의 화두를 이루는 행보에 동참한 적은 없다. 그래서 더욱 비슷한 가치를 추구하는 이들의 협력과 연대가 멋지게 여겨진다.

구례에서는 여러 공동체 모임이 있는데, 이번에 알게 된 곳 중 기억에 남는 건 이와 같다. 지리산권의 변화를 모색하는 '지리산권 활동 모임', 청년 대안 공동체로서 생태적 삶을 제안하는 '지리산게더링'. '지리산게더링'의 경우 숲에서 한 달간 생활하며 자연 친화적인 삶을 경험할 수 있다. 성소수자에 대한 차별을 지양하고 탈서울, 페미니즘 등 다양한 주제로 논의를 넓혀 가는 적극적인 공동체라는 점이 매력적으로 다가온다. '지리산 채식 로드'라는 커뮤니티에서는 구례, 남원, 하동에서 채식을 즐길 수 있는 착한 가게가 소개되어 있다. 지역 특산물을 발전시킨 상점의 홍보 외에도 지리산을 중심으로 활동하는 인물들을 영상으로 제작하여 알리고 있다. 이들은 추구하는 가치를 지키며 행동하는 어른을 자처한다. '섬진강과 지리산', '건강한 먹거리' 등 다양한 목표를 위해 움직이는 공동체의 연대는 샘이 날 정도로 아름답다.

이 지역에서 산다면 어떨까. 맛있는 빵을 먹기 위한 목적이었을 뿐, 관심을 두지 않았던 구례가 어느 순간 새롭게 보였다. 기사님의 말처럼 고향은 실제 태어나고 자란 곳만으로 곳만을 의미하지 않는다. 머물며 지키고 싶거나 회귀하듯 돌아가고 싶은 그리움이 일어난다면 그 지역이 진짜 고향이다. 그렇다면 나의 내적 고향은 어디일지 그려 보았다. 막연한 미래에 '구례'를 넣자 서울만을 고집하던 마음이 열리며 다른 지방에 대한 호기심과 옅은 설렘이 일었다.

봄을 깨우는 비가 쏟아져 물안개가 자욱한 날. 기사님은 '맑은 날 오면 좋았을 텐데. 하필 다리도 공사 중이라서.'라고 말했지만 난 고개를 저었다.

"이번에 흐린 날의 섬진강을 봤으니 다른 날 화창한 섬진강을 보면 되니까 괜찮아요."

순천

## 내가 우린 차가 유독 씁쓸했던 이유는

홀홀한 죽을 뜨자 비어 있던 속에 작은 횃불이 켜진 기분이었다. 담박하고 따뜻한 맛. 무력함을 견디기 힘든 날에는 그 밤에 먹은 죽을 떠올린다. 그건 순천에 갔을 적의 일이었다.

5평 남짓한 숙소에 너누룩이 앉아 있는데 빗소리가 들렸다. 나를 찾는 이가 없다는 걸 알면서도 두드리는 빗소리에 창을 열어 보았다. 누가 날 찾아왔나 하고, 나에게 무언가 이야기해 주려는 게 아닌가 하고. 충충한 하늘에서 떨어지는 빗물이 툇마루에 둥글게 원을 그리며 웅덩이를 만들었다. 그 원을 보며 아무것도 하지 않아도 괜찮다고 생각했다. 한결 느슨해진 마음을 베개 삼아 모로 누웠다. 얇은 침대 시트에 부드러운 감촉이 얼굴에 닿자 낯선 장소에 대한 경계심이 풀어졌다.

온종일 비가 내리는 날, 흐슬부슬 내리는 비에 기온이 떨어진 게 피부로 느껴졌다. 자칫 컨디션이 나빠지면 몸살에 걸릴 수도 있으니 부러 방 안에만 머물렀다. 식당을 찾거나 끼니를 때울 무언가를 배달시키는 일도 내키지 않았다. 조식으로 받은 전복죽을 먹지 않고 두었던 게 생각나 그것으로 허기를 달랬다. 식은 죽을 데워 먹고 하재영 작가의 책을 읽었다. 비 오는 것을 핑계로 숙소에서 시간을 보내는 것도 괜찮았다. 쉴 틈 없는 일정을 따라 움직여야만 알찬 여행이 되는 건 아니니까. 이날은 잠시 멈춰 있고 싶었다. 책을 읽으며 기억에 남는 문장에 밑줄 긋기, 책의 목차와 서문을 반복해서 읽어 보기, 식은 차에 뜨거운 물을 받아 목을 축이기, 불현듯 생각난 단어나 기억을 메모하기 등의 행위를 반복하다 휴대폰으로 시선이 향했다. 아무 연락도 오지 않은 고요한 휴대폰은 잠잠해서 배터리 소모조차 없었다.

난 이곳에 연루된 어떤 시간과 사람을 사랑한 적이 있었다. 그 시기를 떠올리며 이전과 다른 나를 응시했다. 지금의 난 흐리고 비 오는 날의 우울을 혼자 견딜 수 있다. 매일 화창한 날만 있을 수 없다는 사실을 수긍하는 초연한 인간이 된 것도 변화한 모습 중 하나였다. 그전에는 이런 내 모습을 상상할 수 없었다. 시종 내가 바란 건 쉼이 가능할 만큼 넓은 그늘을 가진 사람이었다. 그와 달랐던 남자는 밉지만 좋았고, 원망스러웠지만 고마운 구석도 있었다. 기억을 더듬어 갈수록 익숙한 목소리가 귓가를 맴돌았다. '딱하다. 넌 왜 나 같은 사람 옆에 있는 거야. 그건 그리 좋은 선택은 아닌데.' 기억이 밀려오자 일부러 호흡을 천천히 이어 가려 애썼다. 빗소리를 일정한 메트로놈 삼아 적절한 박자로 숨을 깊게 들이마셨다 내쉬자 가빴던 숨은 안정을 되찾았다.

다시 눈을 뜬 건 이마 위로 내려앉은 희붐한 새벽빛 때문이었다. 밤의 이음매 사이로 비집고 나온 햇살이 유독 밝은 내일을 예견하게 만들었다. 저 빛은 금세 하늘로 번지며 산 너머로 어둠을 밀어낼 것이다. 밤잠침을 삼키자 죽 맛이 입가에 희미하게 감돌고, 내가 느낀 외로움은 일정 정도 크기가 줄어 있었다. 먹었던 죽 한 대접은 소화되어 빈속에 가벼운 허기가 일었다. 마음은 전날보다 분명 나아졌다. 나를 짓누른 상념도 쏟아지는 비에 씻겨 내려간 것일까. 혼자 보내는 시간은 적적한 동시에 편안했고 사사로운 피로와 못마땅하게 집히는 감정 없이 후련했다.

기억 속에 나는 혼자라는 사실에 공연히 작아지곤 했다. 그럴수록 남자는 많은 충고를 건넸다. 그는 나라는 사람의 날카롭고 모난 구석을 지적하며 '친구가 없는 건 네 문제일 수도 있어.'라고 말했다. 무리와 조직에 융합되지 못하는 점을 지적한 말을 부정하진 않는다. 다만 나의 반대편에 서서 평가와 비난이 뒤섞인 발언을 하던 그의 모습은 각일각으로 뚜렷하게 되살아나 나를 아프게 찔렀다. 그와 순천에서 마신 녹차 맛을 떠올리려 입 동굴을 혀로 훑었다.

"넌 네가 내린 차와 닮았어. 떫고 쓰고 진하거든."

그는 내 소서에 차를 따르며 말했다. 남자는 늘 내가 온순하지 않은 점을 문제 삼았고, 실수하는 주제에 멋대로 행동하는 기질이 싫다고 비난했다. 그 말이 본래의 나를 부정하듯 여겨져 상처받았지만, 제멋대로 굴던 사람이 어느 날 온순해지기는 어렵다. 최선을 다했다면 남자가 원하는 방향으로 개선됐을 수도 있지만, 요구하는 것만큼의 희생을 할 각오는 없었다. 우리는 딱 그만치의 애정을 갖고 서로를 원망했다. 자신의 주변부 경계를 침범하지 않고 쓸모 있는 애정만을 원했던 사이. "우리는 똑같아. 자신을 내어 두고 상대를 배려하기보다 이런 내 모습도 사랑해야 한다고 요구하는 뻔뻔함이 닮았거든." 나의 말을 크게 부정하지 않았던 걸 보면 남자는 자신에 대해 어느 정도 자각하고 있던 것 같다.

어떤 사람이 떠나고 난 뒤에 남은 일련의 과거는 시간이 지남에 따라 조금씩 다르게 정의된다. 주관적인 기억의 재구성 단계에서 때론 선택을 후회하고 만남을 부정하다 그리움을 느낀 적도 있다. 난 계속해서 지나온 시기에 메모지를 덧붙이듯 정리하고 싶었다. 그 시절 누군가를 만난 일, 저곳에서 이곳으로 떠나온 일 등. 전과 다른 시작을 마주하게 된 계기에 대해 타당한 이유를 붙이고 싶었다. 물론 그건 성급한 노력이었다. 과거를 명확히 정의하려면 충분한 시간의 담금질이 필요했으며 자책과 괴로움 등의 감정이 희석되어야 판단 가능했다. 장맛비가 내리는 여름밤에 그 사람을 만나러 공원으로 향한 일도, 미래에 대한 약속 대신 내 손에 쥐어진 자유를 택한 일도 고민 끝에 정한 최선이지만, 완벽한 선택이었다고 볼 순 없다. 그저 이 모든 것은 사소한 일이 계기였다. 결과를 예상 못하고 내린 결론이 인연으로 이어지고, 변화의 돌파구를 찾기도 하며 기회를 얻거나 놓치기도 한다. 지금 내가 순천에 온 건 쓰고 떫은 차에 대한 남자의 훈수를 떠올렸던 일이 계기였다. 그날을 되짚으며 걷는 일방향의 숲길, 모든 시작은 이렇듯 사사롭다. 내딛는 한 걸음처럼.

조계산에 위치한 선암사는 단풍이나 동백이 반겨 주는 계절이 아니라 찾는 이가 적었다. 앙상한 겨울 가지와 투명하게 흐린 하늘 아래 어두운 목자재로 만든 사찰은 본래 선암사의 민낯으로 여겨졌다. 이 근방에는 전통 야생차 체험관이 있어 차를 우려 마시거나 다식 만들기를 체험할 수 있다. 고소한 미숫가루에 꿀을 섞어 되직하게 만든 반죽을 다식틀에 눌러 넣었다 빼낸 뒤 그릇에 예쁘게 놓았다. 그 후 뜨거운 물을 부어 차를 우렸다. 한 모금 마시자 쓴맛이 강하게 올라왔다. 난 찻잔을 비우며 생각했다. 나와 닮은 이 쓴맛 대신 그가 좋아한 차의 맛이 어떠했는지.

"먼저 숙우에 뜨거운 물을 담아 식혀야 해. 녹차는 고온이 아니라 70도 정도의 저온에서도 잘 우러나니까. 뜨거운 물에 우리면 쓰고 떫은맛이 진해져. 서서히 식혀서 온도를 떨어뜨린 물로 우려내야 끝맛이 부드럽다고."

내 손에 있던 다관을 가져가 찻잔에 따르던 남자의 옆얼굴을 상기했다. 그는 내가 우린 차가 맛이 없다고 했지만 난 그 말을 무감각하게 흘려들었다. 그 정도 열기의 말엔 익숙해서 더는 뜨겁거나 아프지 않았다. 그를 만나고부터 차 거름망으로 잎을 거르듯 허용 가능한 범위의 말들만 조절하여 듣는 일을 해낼 수 있게 됐다. 그 기술은 상처받지 않기 위한 방어 기제였다. 기억을 떠올리자 남자의 음성이 또다시 맴돌았다. 난 그의 말대로 숙우에 식힌 물을 찻잎에 넣어 우렸다. 쓴맛 대신 신선한 잎의 향이 느껴졌다. 조금 식혀진 물로 우렸을 뿐인데 맛이 달라지다니. 차의 맛도 내면의 변화를 만드는 일도 사소한 한 끗 차이에서 시작된다는 것을 자각하면 난 좀 더 신중해진다. 남자의 연락을 받았던 일, 아니지. 그보다 훨씬 전, 장난스러운 농담을 웃어 넘긴 일. 또는 그 전으로 거슬러 올라가면 만남을 취소하지 않고 약속 장소로 향한 것부터 시작이었다. 시발점을 되짚으면 비로소 어떤 일이 계기였는지 알게 된다.

차에 대한 견해가 달랐던 것만 봐도 우리는 생각의 방식과 견해가 상이했다. 난 부드러운 맛과 쌉싸름한 맛 모두 차가 지닌 다층적인 부분이라 여겼지만 남자는 쓴맛을 원하지 않았다. 생각의 다름으로 벌어진 격차는 서로를 불행하게 만들었다. 그 시간에서 벗어난 뒤에도 난 녹차를 우릴 적에 쌉쌀함을 떠올렸고 하고 싶은 말을 찻물과 함께 삼켰다. 명치의 답답함이 되살아났다.

순천이라는 공간에서 다른 지역으로 향하기 위해 기차에 올라탔다. 또 다른 공간으로 옮겨 오면서 머문 장소는 바뀌고, 마음에 비치는 상도 달라졌다. 그 안에는 과거와 미래의 불안, 현재의 염려가 혼재되어 있었다. 이 열차를 타고 또 다른 곳으로 향하게 될 내일도, 쌉쌀한 차 대신 부드러운 차 맛을 느낄 수 있던 일도 마음에 남아 있다. 그 시간이 만든 도정이 여행의 전부가 아니면 무엇일까.

난 이제 종결된 관계를 실패라고 정의하거나 원망하지 않는다. 인연의 맺고 끊어짐이란 일시적이며 나를 혼란에 빠뜨린 뒤에 수습해 주지 않고 떠난다. 내가 할 수 있는 일이란, 그들과 함께한 순간이 불운을 잊게 만드는 잠깐의 쉼이 되었던 점을 가벼이 생각하고 수긍하는 것. 그 정도로 충분하다고 여기며 당시에 배운 차 맛의 비법을 되새긴다. 색이 희고 연한 차를 마시고 싶은 날에는 어떻게 해야 하는지 알게 된 건 유용한 지혜였으므로. 그렇더라도 성급한 난 뜨거운 온도에 우려낸 씁쓸한 차를 마실 것이다. 그건 그것대로 맛이 좋다고 여기면서.

선암사에서 차를 마시며
다식 만드는 체험을 했다.

다식 만드는 방법이
간단해서 혼자 집에서
만들어 먹기에도 좋다.

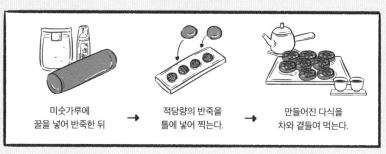

미숫가루에
꿀을 넣어 반죽한 뒤
→
적당량의 반죽을
틀에 넣어 찍는다.
→
만들어진 다식을
차와 곁들여 먹는다.

고소하고 담백한 맛이
녹차와 잘 어울린다.

만드는 과정이
간단한데
재미있어.

다식 반죽중..

## 멈춰 있는 또 다른 세계의 도시

"서울에서 두 시간 반만 달려가면 다른 분위기의 동네를 만날 수 있어. 시간이 멈춰 버린 것 같은 느낌이 드는데, 가 보면 분명 좋아할 거야."

나의 취향을 잘 아는 동료의 추천으로 목포 여행을 가게 됐다. 도착할 무렵 지는 해의 끄트머리가 유달산 뒤편에 걸쳐져 있었다. 주변을 거닐며 호시절을 지난 낡은 건물들을 구경했다. '시간이 멈춰 있는 느낌이 드는 곳'이라는 동료의 감상이 이해됐다. '청운사 만화'부터 '목포 음악원', '사슴 수퍼마켓' 등 오래된 간판으로 과거 골목의 분위기를 짐작할 수 있었다. 세월의 흔적을 간직한 가옥을 보고 있으니 동떨어진 과거에 불시착한 것만 같은 기분이 들었다. 골목마다 숨어 있는 옛 건물을 찾는 재미에 빠져 주위를 둘러보았다. 근현대적 분위기를 풍기는 주택을 개조한 카페에서 박향림의 '오빠는 풍각쟁이야'라는 노래가 흘러나왔다. '오빠는 풍각쟁이야. 오빠는 심술쟁이야. 난 몰라이. 난 몰라이.'라는 가사를 흥얼거리며 동양 척식 주식회사 목포 지점의 건물을 지나쳤다.

이를테면 내가 당도한 건 1919년, 본격적으로 4월 8일 독립 만세 시위가 일어나기 한 달 전쯤이라는 상상을 해 본다. 목포 대의동의 거리를 걸으며 실감 나는 상상을 이어 갔다. 어두운 골목과 스러져 가는 건물에는 많은 사연이 숨겨져 있겠지. 굵직한 사건은 기록되지만, 묻혀 버린 사정은 또 얼마나 많을까. 책이나 신문에 기록되지 못한 당대의 모습을 남아 있는 유적으로 유추해 보았다.

다음 날, 책 〈목포 탐방〉을 지도 삼아 주변을 구경하러 다녔다. 목포 지역의 여러 건물과 풍경을 그린 작가들은 이곳에 일정 기간 터전을 잡고 산 예술인들이었다. 이들의 친밀한 시선을 통해 가공된 그림 속 목포를 직접 찾아가는 건 이 지역과 가까워지는 기회였다. 개항 후 간척을 통해 주변 바닷가로 시가지를 넓힌 목포에는 면면히 이어진 세월이 드리워져 있었다.

누구나 어떤 시대에 대한 막연한 동경과 호기심을 갖는다. 내게는 19세기의 조선이 그렇다. 교과서와 책의 간요한 서술을 통해서만 알 수 있는 근대사에 관련해선 해소되지 않는 궁금

증을 품게 된다. 불안정한 시국에 한 개인으로 산다는 건 어떤 의미일까. 기록되지 않은 역사 속 한 개체로 살아야 한다면 난 어떤 질문을 하고, 답을 찾아갔을지 고심해 본다. 수탈과 희생으로 얼룩진 시대의 민낯을 알고 싶다는 호기심이 막막한 두려움을 능가하는 건 근대사가 비교적 다른 시대보다는 가까운 편이며 당시의 상황을 알 수 있는 흔적들이 지금도 곳곳에 남아 있기 때문이다. 일본에 의해 식민 통치를 당한 35년은 한 세대를 넘는 기나긴 시기였다. 그 시대를 살아간 이들은 어떤 삶을 살고 무슨 꿈을 꾸었을지 알고 싶을 때가 종종 있다. 그런 궁금증에 사로잡히면 지금의 '나'를 장기 알처럼 움직여 그 시대에 되놓아 본다. 당시에 난 무엇을 할 수 있었을지, 어떤 고민을 하며 살아갔을지 상상해 보는 것이다. 19세기는 여러 청년이 청춘과 봄을 빼앗긴 시대지만 괴로운 역사더라도 정확하게 알아야 하지 않겠나. 당시 사람들의 삶을 헤아리는 마음은 그 시대를 제대로 기억하기 위해 필요한 태도이기도 하다.

숙소에 돌아온 뒤 펜과 노트를 꺼내 들었다. 개항 후 이주한 일본인들이 자녀 교육을 위해 세운 목포 공립 심상소학교의 강당, 영산로에 일본식 가옥 등을 투박한 선으로 그려 나갔다. 이 건물은 내가 모르는 오랜 과거에 대해 잘 알고 있으리라 의식하자 기분이 묘했다. 과연 이 건물만 그런 과거를 알까. 이곳에 있는 여러 집과 허름한 간판, 오랜 세월 한곳에 뿌리박고 서 있는 저 나무 모두 그 시절의 산증인일 텐데.

유달산 자락을 따라 형성된 서산동의 시화 마을은 발랄한 색채가 정겨웠다. 칠이 벗겨진 대문 틈으로 보이는 소쿠리, 늘어진 빨랫줄에 걸린 물고기의 비늘은 윤슬처럼 빛났다. 낮은 담벼락과 기울어진 지붕은 온순한 짐승이 몸을 웅크린 모양과 닮아 있었다. 골목 풍경을 카메라에 담으며 산책하기 좋은 날. 안쪽으로 꺾어 들어가자 후미진 길 위에도 삶의 체취가 묻어나는 생활 공간이 있었다. 충직한 진돗개의 짖는 소리가 아득하게 들려오자 살아 본 적 없는 과거에 대한 향수와 전회로 가슴이 설레었다.

시간이 흐른 뒤에도 당대의 분위기가 훼손되지 않고 유지되는 경우는 드물다. 그래서인지 서화 마을의 낮은 담벼락, 비탈진 골목 계단, 찢어진 광고지가 붙어 있는 담장, 시멘트 블록의 균열 사이 새싹이 소중하게 여겨졌다. 그 모습을 사진과 그림으로 담는 데에 열중하며 천천히 이동했다. 바꿀 수 없는 도시의 쇠퇴와 가속화된 변화의 페달이 망가지는 과정을 지켜보는 기분. 마치 인파가 빠져나간 뒤의 어수선한 콘서트장에 서 있는 것처럼 쓸쓸하게 다가왔다.

이미 낡거나 빈집이 되어 버린 곳을 나만의 선으로 그리고 색칠한다. 후락한 골목에 생기가 깃들고, 터전을 지켜 가는 이들의 노력으로 활력 있게 유지되는 동네의 한낮이 그림에 담긴다. 생이 살아 숨 쉬는 곳에서 마주치는 정겨운 리듬, 손을 흔들며 반겨 주는 주민들의 질박한 미소가 인상 깊었던 목포의 골목은 오래 기억에 남을 것이다.

## 온 마음을 다해 그리워지는 토마토 스튜

오랜 시간 정성을 들여 만든 요리는 맛보기 전부터 알 수 있어. 물리지 않는 깊고 진한 맛을 품속에 진주와 같이 품고 있다는 것을. 최근에 그런 음식을 먹었어. 목포에 있는 비건 식당의 토마토 스튜는 허기진 속을 뭉클하게 채워 주거든. 너도 이 스튜를 먹게 된다면 눈을 반짝이며 단숨에 비웠을 거야.

미야시타 나츠의 〈바다거북 수프를 끓이자〉에는 '바다거북 수프'라는 독특한 음식이 나온다. 잉글랜드인이 즐겨 먹던 이 음식은 남획으로 인해 식탁에서 사라진 뒤로 맛본 사람이 거의 없는 전설 속 요리가 돼 버렸다. 한편, 일본의 한 추리 게임에서는 '누군가를 살리기 위해 필사적인 마음으로 만든 수프'로 묘사되고 있다. 책을 읽을수록 바다거북 수프에 대한 호기심은 커져 갔다. 오롯한 이타심으로 만든 음식이란, 바다거북이 아니라 달팽이의 등껍질이나 불가사리의 관족을 주재료로 만들더라도 근사한 맛을 자아낼 거라는 맹렬한 신뢰감이 일었다.

글쎄 과연 상상한 맛일까, 곁에 있던 친구는 장황한 설명에도 큰 감흥을 느끼지 못했다. 그간 실패했던 나의 요리를 종종 맛본 그녀는 도전 의식에 위험을 표했다. 애초에 레시피를 알지 못하거니와 수프의 주재료가 될 바다거북 또는 필사적인 마음이 준비되어 있지 않았기에 도전 불가능한 메뉴이긴 했다. (그러다 우연히 움베르토 에코의 〈프라하의 묘지〉에서 바다거북 수프 레시피를 찾았지만, 웬만큼 비위가 좋지 않다면 시도할 수 없을 정도였다. 가령 수프를 만들기 전 해야 할 일은 바다거북 손질이다. 바다거북의 머리를 잘라 낸 뒤 열두 시간 동안 매달아 피를 빼야 한다는 설명에 체념하고 책을 덮었다.)

도전 가능한 음식이 아니라는 것을 알면서도 마음속에서는 형용할 수 없을 만큼 멋진 맛과 향이 그려졌다. 내 기대를 능가할 정도의 맛있는 수프일 것만 같았다.

바다거북 수프는 어떤 재료의 배합으로 이루어지며 몇 시간이나 끓여야 하는지 모르지만 빠져선 안 되는 주재료는 '필사적인 마음'이다. 바다거북의 신선한 내장을 넣더라도 정성으로 애쓰는 마음이 빠진다면 훌륭한 맛을 낼 수 없다.

누군가를 위해 정성껏 만든 요리에는 명료한 답이 있다. 명쾌하게 정리된 답안지를 받아 든 듯 편안한 마음으로 즐길 수 있는 음식. 그런 음식을 대접받으면 '맛있다, 맛있어.'라는 단순한 감탄으로 가득 채워진다. 요리하는 사람은 상대에게 이 식사가 어떤 인상으로 남기를 원하는지 생각해 봐야 한다. 먹는 사람의 입맛을 고려하는 건 물론이고, 먹고 난 뒤에 어떤 느낌이 들기를 원하는지 떠올리며 신중한 고민과 정성을 계량하면 상대를 감동시킬 만한 훌륭한 음식을 만들 수 있다.

"그래서, 네가 진짜 바다거북 수프를 먹기라도 했단 거야?"

내 말에 친구의 눈이 커졌다. 설마 하는 표정으로 나를 보는 그녀에게 고개를 끄덕였다.

"네가 말한 그 토마토 스튜에 그 큰 바다거북을 고아서 끓였다고? 정말?"

"요점은 바다거북이 아니야."

내 말에 그녀의 눈가 주름이 여러 겹 그어졌다. 난 웃으며 대답했다.

"'필사적인 마음'으로 누군가를 위해 만든 요리면 돼. 설령 바다거북을 넣고 끓이더라도 거기에 그런 마음이 빠져 있다면 진짜 바다거북 수프가 될 수 없어."

난 기분 좋은 토마토 향과 입 안에서 부드럽게 으깨지던 신선한 채소의 맛을 떠올렸다. 먹고 난 뒤에도 육중한 포만감 대신 속이 편안했던 그날의 식사는 섭취한 음식의 항목과 양을 따져 가며 식욕을 저주하던 끼니때와 달리 적절한 만족을 주었다. 잘 익은 당근과 브로콜리, 푹 삶은 감자와 신선한 토마토가 어우러져 물씬 진한 향을 풍기는 요리는 충분한 정성이 가미되어 있었다.

목포를 다녀온 뒤에도 비건 식당에서 먹은 토마토 스튜가 생각났다. 입 안을 감도는 진한 토마토 향에 대한 그리움은 맛을 향한 본능적인 당김 때문만은 아니다. 이곳과 연관된, 소박하지만 단단한 꿈의 이야기가 향수에 상당 부분 이유를 차지한다. 식당에서는 신선한 제철 채소를 손질하여 만든 요리를 판매할 뿐만 아니라 사람들이 채식에 가까워질 수 있도록 여러 프로그램을 운영하고 있었다. 이 식당이 목포의 '괜찮아 마을' 프로젝트에서 시작된 공유 공간 중 하나임을 숙소에 비치된 소개지를 통해 알게 됐다. 이후 '괜찮아 마을' 프로젝트에 관한 여러 정보를 찾아보고 신선한 충격을 받았다. 막연히 상상만 했던 공동체의 실현이 가능하다는 점이 반가우면서도 경이롭게 여겨졌다.

우리에게 돌아갈 고향이 있다는 것. 그것 하나만으로 괜찮아 마을이 만들어져야 할 이유가 됩니다.
어쩌면 이 모험 사이에서 얻은 건 '지역으로 와야 한다.',

'지역에서 창업을 해야 한다.'처럼 목적을 말하는 게 아닌, 재미를 기반으로 하고 '좋은 사람들'과 추억을 만들고 작더라도 '공동체'를 이뤄야 한다는 경험, 크고 대단한 것보다 작고 소소한 것에 집중해야 한다는 것이었습니다.

'괜찮아 마을'은 목포에 있는 공동 주거 공간이다. 청년들을 중심으로 시장 및 축제, 공유 가게 등을 만들어 가는 프로젝트인데, 구성원들은 따로 또 같이 힘을 모아 끼니를 만들고 편안하게 쉴 수 있는 공용 주거 공간 '괜찮아 집'을 운영한다. 동시에 이곳에 모인 이들은 공동체에 대한 고민을 공유하며 가르침과 배움이 활발하게 오가는 '괜찮아 학교'라는 학습 동아리도 진행하고 있다. 그중에서 주목할 만한 점은 '누구나 하고 싶은 일을 직업으로 만들 수 있는 기회'를 가지도록 실패해도 괜찮은 무대를 만들어 주는 점이다. 공동 기반 창업 공간 '괜찮아 공장'에서는 구상해 둔 일들을 적은 자본으로도 시도할 수 있다. 자유롭게 각자의 일을 하다가도 언제든 모여 아이디어의 싹을 틔우고 구체적인 결과물을 현현할 수 있다는 점도 매력적으로 다가온다. '내 힘으로는 역부족이야. 난 실패하고 말 거야.'라는 어두운 자괴감에 빠지더라도 엄습한 어둠을 몰아내고 빛을 밝혀 주는 동료와 실패하더라도 재기할 수 있도록 돕는 트램펄린과 같은 공동체가 있다는 건 매우 중요하다.

개개인의 자유와 의견이 존중되는 이 공동체는 또 어떤 빛깔로 목포의 도심을 환하게 물들일까. 하고 싶은 일을 통해 경제적 독립을 이룰 가능성, 꿈꾸던 일을 시도할 수 있도록 넓은 무대를 제공하는 점, 서로 다른 가치관을 지닌 이들을 포용하는 공동체의 넉넉한 문화는 감탄을 자아낼 만큼 멋져서 나 또한 그곳의 일원이 되고 싶은 마음이 든다. 이 안에서는 서로의 취향과 쉼의 영역이 보존되는 동시에 청년들만의 새로운 문화를 따로 또 같이 만들어 나간다. 이 모든 건 너무도 이상적이라 지속 가능성이 미미하다고 여겼지만, 실행의 날개를 달아 활동을 이어 가는 모습은 '새로운 공동체의 가능성'을 보여 준 좋은 사례다.

누구나 좋아하는 일을 주체적으로 할 수 있는 공동체, 적당히 쉬면서 일을 하고 상상한 모든 걸 시도하여 작은 성공을 만들어 가는 공동체, 모닥불을 피우고 이야기를 하며 함께 여행하는 따뜻한 공동체, 건강한 음식을 만들어 먹고 몸과 마음이 모두 윤택한 공동체. 떠올리는 것만으로도 강퍅했던 감정이 녹녹하게 젖어 드는 것만 같다.

목포는 과거의 화려한 성장을 멈춘지 오래지만 낙후된 골목에서도 생동하는 새 꿈이, 느리지만 미래를 앞서가는 소망이 자라나고 있다. 그 장면을 보고 있노라면 여러 채소가 어우러져 깊고 풍부한 맛을 낸 그 가게의 토마토 스튜가 떠오른다. 함께 식사를 나누는 괜찮아 마을 주민들의 식탁에도 자주 오르는 단골 메뉴는 스튜가 아닐까. 손끝부터 발끝까지 온몸으로 뻗어 나가 풍부하게 흡수되는 든든한 맛으로 서로를 위로하며 더 나은 내일을 이야기할 것만 같다.

바다거북 수프는 평생 먹어 볼 일이 없겠지만, 먹고 난 뒤에 마음과 정성이 뒤섞인 탁월한 맛으로 난 목포에서 먹었던 이 토마토 스튜를 꼽을 듯하다. 바다거북 수프만큼이나 훌륭했던 토마토 스튜는 지금도 떠올리면 입 안에 시큼한 침이 고인다. 여전히 가게에서는 스튜가 끓고 있겠지. 한소끔 끓여 낸 솥 안에는 분명 조리되고 있는 여러 채소 사이로 '따뜻하고도 필사적인 마음'이 뒤섞여 깊은 맛이 우러나고 있으리라.

목포에 갔을 때
비건 식당에서

두부 스테이크와
토마토 스튜를 먹었다.

뭘 위 먹지?

모두 맛있었지만
특히 스튜 맛이 좋았다.

와, 이건
레시피
알고 싶어!

# 목포 여행을 떠올리며 만든
# 토마토 스튜

토마토, 양파, 감자,
당근, 애호박, 버섯 등을
먹기 좋은 크기로 손질한다.

올리브유에 양파를
볶은 뒤 딱딱한 야채
순서로 넣는다.

토마토소스 한 컵과
물 한 컵을 넣는다.

20~30분 정도
끓인다.

바닥에 눌어붙지
않도록 휘저어 준다.

치킨 스톡과
월계수 잎을 넣는다.

먹을 만큼
그릇에 담은 뒤

취향에 맞춰 빵을
곁들여 먹어도 좋다.

여수

## 그때 그 계란 샌드위치의 첫입

샌드위치의 종류는 많지만, 그중에서도 단연 좋아하는 건 계란 샌드위치다. 계란 샌드위치만큼은 부재료의 개입을 허용하고 싶지 않다. 체에 밭쳐 알끈을 제거한 계란물을 사각 프라이팬에 구운 뒤 식빵 사이에 끼운 샌드위치. 그건 마치 베갯속을 폭신한 계란으로 채운 것과 같은 나른한 맛이다. 일본에서는 '타마고산도'라 불리는 이 음식을 너무도 좋아하다 보니 생일에는 계란 샌드위치로 탑을 쌓은 조촐한 케이크를 두고 파티를 열고 싶다. 한동안 그 맛에 매료되어 여러 카페를 전전했지만 내가 원하는 맛을 구현한 곳을 찾지 못했다. 계란 샌드위치에 대한 미련을 붙들고 있던 차에 여수에서 타마고산도로 유명한 찻집을 알게 됐다. 얼마 뒤 난 여수로 향했다.

사장님은 나만큼이나 계란 샌드위치 애호가였다. 한국에 돌아온 뒤에도 일본에서 먹었던 타마고산도가 그리워서 비슷하게 만들기 위한 여러 시도를 했다고 한다. '아마 계란 샌드위치를 만들면서 혼자 먹은 계란만 수백 알은 될걸요.' 사장님은 웃으며 말씀하셨다. 기대 끝에 만난 타마고산도의 모양은 평범했다. 모닝 빵 사이에 두툼한 계란이 들어 있었는데, 한입 베어 물자 빵 사이에 발려 있던 고추냉이의 매운맛에 코끝이 찡했다. 충분히 맛있었지만 기대한 맛은 아니었다.

불현듯 떠오른 건 연애 시절 먹은 타마고산도였다. 둘만의 즐거움과 기쁨으로 달아오를 시기에 그 애는 요리를 자주 해주었다. 갓 굽거나 볶아서 따뜻하고 진한데 부드럽기까지 한 파스타와 수프, 스테이크 같은 것을. 그중에서도 단연 기억에 남는 건 바로 계란 샌드위치다. 고작 내가 할 수 있는 일은 삶은 달걀의 노른자와 흰자를 분리하여 부순 뒤 마요네즈와 뒤섞어 빵에 발라 먹는 정도였지만, 그가 만든 계란 샌드위치는 달랐다. 그것은 비할 데 없이 진한 계란의 순근함이 배어 나오는 기분 좋은 맛이었다. 빵 사이에 계란말이만 들어가 있어서 간단해 보이지만 은근 손이 많이 간다는 것을 알고 있어서 더욱 고맙게 먹었던 기억이 있다.

한동안 그는 부지런히 요리하다가 점차 부엌에 서는 일이 줄었다. 호감과 설렘의 촉이 뭉툭해지고부터는 서로에게 조금 덜 친절해졌으며, 다정한 관심은 번잡한 잡무로 취급됐다. 설렘과 호감이 한 김 식은 뒤로 나의 요구에 대한 답은 '지금 말고 나중에.'로 돌아왔다. 나의 요청과 바람은 그에게 부담이었고, 피치 못할 사정은(난 핑계라 했고 그는 어쩔 수 없는 상황 때문이라 했다) 줄곧 이어졌다. 그 후로 계란 샌드위치는 먹을 기회가 없었다.

고작 한두 번 맛본 게 전부인데도 뇌리에 각인된 여운은 음식의 기준이 된다. 시간이 흐른 뒤에도 그 맛이 떠오르는 걸 보면 미각이라는 영역은 기억에 의해 작동되는 듯하다. 당시의 난 그 애가 요리하는 부산스러운 뒷모습이 좋았고, 기대감에 찬 표정으로 맛이 어떠냐고 물을 때의 눈빛을 좋아했다.

그날 계란 샌드위치를 먹은 뒤에 느낀 점은 하나다. 적어도 내가 기억하는 계란 샌드위치는 다시 만나기 어렵다는 것. 그 애에게 레시피를 물어 직접 만든다 해도 나의 바람과는 미묘하게 다른 맛일 게 분명하다. 물론 이건 기억의 미화로 인한 성급한 결론일지 모르지만, 그 계란 샌드위치의 첫입은 결코 잊지 못할 듯하다.

돌아가는 버스 안. 나는 랩에 싸인 샌드위치를 숨죽이고 먹었다. 코끝이 찡해지는 고추냉이의 존재감이 뚜렷한 맛에 '이게 아닌데, 이게 아닌데.'라는 생각을 하면서.

계란 샌드위치의 계란을 만드는 부분과 신뢰를 쌓아 가는 과정은 상통하는 면이 있다. 계란 샌드위치를 만드는 과정에서 중요한 건 계란을 팬에 넓게 펼친 뒤 약한 불에서 천천히 익히는 것이다. 가장자리가 타거나 모양이 어그러지지 않도록. 살짝 익어서 색이 변하면 말아 올려 접어 준 뒤 다시 계란물을 부어 두 번, 세 번 천천히 두께감 있게 구워 나가면 된다. 설명은 쉽지만 실제로 해 보면 온전한 형태의 계란말이를 완성하는 건 난이도가 제법 있는 일임을 깨닫게 된다. 타이밍을 맞추지 못하고 성급하게 뒤집으려 하면 모양이 망가질 수 있고, 불의 세기를 조절하지 못하여 타 버리기도 한다.

관계도 마찬가지다. 둘 사이에서 중요한 건 온도의 격차로 인해 부딪히지 않도록 적절히 풀어가려는 노력이다. 앞질러 혼자 판단하거나 불같은 강요와 집착으로 상대를 옭아매면 관계의 형태는 뭉개진 계란말이와 같이 어그러진다. 실제 요리를 할 땐 망가진 모양에 계란물을 추가하여 수습이 가능할지는 몰라도 사람 사이에서 균열이 간 신뢰를 다시 복구하기는 어렵다. 둘 사이가 망가지지 않도록 유지하려면 믿음과 배려, 애정을 바탕으로 뭉근하게 익어 가기 위한 서로의 노력이 중요하다. 모양이 어그러지지 않도록 함께 잘 만들어 나가야 한다는 점은 그 시절 계란 샌드위치를 통해 배운 교훈이다. 당시 겪었던 고민은 모든 관계에 적용된다. 지금도 난 타인과의 접점이 어긋나거나 미묘하게 엉기는 감정을 체에 거르듯 매끈하게 풀어내는 일에 어설프다. 적절한 온도에서 계란을 익히듯 사람들과 완만히 어우러지는 것에 서툴기도 하다. 그 애가 만든 계란 샌드위치를 그리워하는 건 그 시기의 나를 붙든 고민의 답을 여전히 찾고 있기 때문이 아닐까.

여수에 갔을 때
화과자를 만들었다.

예쁘게
만들어.

으응.

손으로 빚어 모양을
만드는 게 재미있었다.

토끼 모양이
제일 귀여워!

완성한 화과자와
차를 마신 뒤에는

토끼는 안돼!

나도 저거 줘.

메인 메뉴를 경건한
마음으로 기다렸다.

여긴
타마고산도가
맛있다던데
기대돼!

타마고산도
주문하셨죠?

네.
맞아요.

졸려ㄱㄱ

전 일본에서
타마고산도에 빠져서
삼시 세끼를 그것만
먹은 적도 있어요.

오옷~

흠냐..

사장님도 나만큼
타마고산도를
좋아하는 분이었다.

사장님이 만든
타마고산도는
어떤 맛일까.

두툼한 계란에 고추냉이로
만든 소스 맛이 매력적이었다.

맛있다.
맛있어!

와앙~

## 차 한잔 마실래요.라는 안부 인사

"오래된 집이라 누추할 수도 있지만, 최대한 불편하지 않도록 고쳤어요. 편안히 쉬다 가셨으면 좋겠네요. 필요한 게 있으면 말씀 주세요."

숙소 사장님은 음식을 꼭꼭 씹어 삼키듯 말 한마디도 다정스레 건네는 분이었다. 묵었던 곳은 단정한 분위기의 한옥이었는데, 자차분한 여자 사장님과 어울리는 예술적 정취가 풍기는 곳이었다.

조붓한 툇마루 복도를 따라 걸어가면 제일 안쪽에 내가 묵은 방이 있다. 서까래가 드러난 천장은 나무의 외양과 투박한 결이 살아 있었다. 문짝을 열면 한눈에 보이는 마당이 마음에 들었다. 담벼락을 오르내리는 넝쿨과 화단의 이름 모를 식물을 보기 위해 아침에 문을 열고 빛을 쐬었다. 유독 이른 아침에 본 식물은 푸릇한 연둣빛을 띠었다. 그 짧은 밤사이에 새잎이 자라기라도 한 걸까? 티 나지 않게 고요한 속도로 자라는 식물을 보며 이런 생각이 들었다. 어떤 성장은 고독한 방식으로 알게 모르게 이루어지는 건 아닐까 하고. 겉으로는 바로 알아보기 어렵지만 분명한 건 자라고 있다는 것. 생장을 확인하고 싶다면 아침이 밝아야 한다. 물론 그 과정에서 필요한 시간은 식물이든 사람이든 저마다 다를 게 분명하다. 어떤 이는 비교적 짧은 밤을 거치고도 수월하게 자라고, 유장히 긴 새벽을 인고하며 버텨야 할 인생도 있다. 그러나 중요한 건 여러 시간, 지치지 않고 들인 정성에 의해 새잎이 자라난다는 것이다.

살아 있는 존재는 더 나은 방향으로 변화한다는 믿음을 갖고 있다. 비관적인 열패감과 우울은 내가 가진 일면 중 하나이지만, 현실을 어둡게 조망하는 태도를 삶의 기본값으로 설정해 두고 싶진 않다. 내가 보는 것보다 세상은 조금 더 짙고 따사로운 빛깔이라는 것을, 눈에 띄지 않는 곳에선 누군가를 위해 길목을 닦고 나아가는 어른들이 있다는 사실을 떠올린다. 사적인 불행을 일반화하지 않되 경험해 보지 않은 영역에 관하여 부정적인 면을 부풀려 생각하지 않는 태도는 중요하다. 삶을 보는 자세가 견유적일수록 폐쇄적으로 변하거나 활동 반경이 협소해질 수 있기에. 내가 장담할 수 있는 건 모든 생명은 주어진 환경과 조건 안에서 좀 더 발전된 방향으로 나아가는 게 자연의 논리라는 점이다. 진화의 과정 중 유용한 부분은 발달하고 필요하지 않은 건 퇴화하지만, 난 이를 큰 범위에서 '성장'이라는 말로 표현하고 싶다. 모든 살아 있는 것들은 더 나은 방향으로 나아가려는 속성을 지닌다. 그 지점이 우리가 오늘의 좌절을 끌고 가지 않고 새롭게 시작할 수 있는 이유가 된다. 오늘이 최악의 하루였더라도 내일은 그보다 좀 더 나은 색으로 물들 것이라는 사실을 직감하며 마음을 비울 수 있다.

지나치기 쉬운 풍경에서 뜻하지 않았던 사유를 하게 될 때면 휴대폰 메모장에 기록해 둔다. 이 기록들은 이따금 주기도문을 외듯 읽으며 위로받는다. 책에서 본 문장과 글을 통해 느끼는 울림도 좋다. 하지만 내가 받고 싶은 위로의 말을 제일 잘 아는 건 자신이다. 난 나를 일으키고 독려하는 말을 내 힘으로 키운다. 허기를 채워 줄 초콜릿과 사탕을 바구니에 채워 넣듯 필요한 문장과 단어를 마음 주머니 가득 담아낸다.

숙소 근방을 둘러보고 있을 때, 사장님은 떡차를 내어 주셨다. 굳힌 메주의 형태를 닮은 떡차는 찻잎 고유의 향과 맛을 응축시켜 둔 알찬 보화 같았다. 여러 번 우려도 색이 옅어지지 않아 오랜 시간 진한 차를 즐길 수 있었다.

차를 마시며 숙소와 관련된 이야기를 나누었다. 옛 가옥이 멋스럽다고 말하자 사장님은 보람된 기쁨을 느끼며 웃으셨다.

"저희 친할머니가 살던 집이에요. 돌아가신 뒤에 오래 방치되어 있었는데, 수리해서 숙소로 만들었어요. 보시면 아시겠지만, 옛 구옥의 모습이 그대로 남아 있는 공간이 많죠. 최대한 제가 어렸을 적에 봤던 건물의 형태나 구조를 유지하고 싶었어요. 나고 자란 곳이다 보니 기억 속의 모습을 완전히 지우거나 바꾸고 싶지 않더라고요."

공간에 대한 사장님의 진한 애정이 느껴졌다. 무언가를 사랑하고 아끼는 이의 시선에는 들꽃 같은 향이 배어나서 다른 사람의 마음에도 작은 꽃씨를 남기고 조용히 떠난다. 사랑하는 것에 대해 말할 적의 미소가 얼마나 예쁜지 당사자는 알까. 소곳이 고개를 수그리며 짓는 입가의 웃음에서 옛 추억에 대한 애틋함이 느껴졌다.

숙소에 짐을 푼 뒤에는 다산 초당에 갔다. 다산이 강진에서 유배 생활을 하며 가장 오래 머문 이곳은 후학을 양성하고 책 집필에 전념했던 작업실이라고 할 수 있다. 다산은 초당 주변에 다조(차 화덕)를 만든 뒤 약천의 물을 끓여 차를 마셨다. 그에게는 차를 마시던 각별한 벗이 있었는데, 바로 혜장 선사다. 두 사람은 학문과 관련된 토론을 하며 깊은 사이로 발전한다. 다산에게 마음을 나눌 동료가 있었던 건 외로운 삶에 위안이 되었으리라 생각한다. 스산한 마음의 중심이 휩쓸리지 않을 수 있었던 건 진솔한 벗과 진한 차 덕분이 아니었을까.

한국 차의 최대 적지로 손꼽히는 지역이 강진이라는 걸 이번에 처음 알게 됐다. 차를 가볍게 즐기는 일에 앎이 더해지자 음미하는 깊이가 더해졌다. 내가 마신 차가 어디서 어떻게 생산되었으며 이면에 어떤 역사를 간직했는지 몰랐을 적에는 맛에 대해 진지하게 고민하지 않았다. 단순히 향이 좋거나 물처럼 부담 없이 마시기 좋은 차 위주로 골라 마셨다. 이전과 달리 차의 명맥을 잇기 위한 유장한 역사를 알게 된 건 의미 있는 시간이었다. 찻잎을 다듬는 누군가의 부지런한 손길을 떠올려 본다. 그 노력 덕에 우리는 이곳에서 다산이 칭송한 차맛을 힘들이지 않고 쉽게 즐길 수 있다.

다산의 제자 중 한 사람이었던 이시헌은 후손들에게 제다법을 가르쳤으며 조선의 차는 그 이후로도 명맥을 이어 간다. 그러나 일제 강점기, 일본은 조선의 차를 수탈하여 일제로 속여 판매한다. 조선의 전통차가 일본에 빼앗길 위기에 놓인 상황을 안타깝게 여긴 이한영 선생은 우리나라 고유의 차 상표 '백운옥판차'를 만든다. 그 덕에 조선의 차는 역사 속으로 사라지는 비극을 면하게 된다. 현재는 이한영 차문화원이라는 곳에서 '백운옥판차'를 생산하고 있으며 한국 차를 꾸준히 연구하고 가르치는 중이다.

이한영 선생의 생가를 둘러본 뒤, 차문화원에서 차를 마셨다. 내가 마신 차가 다산 시절부터 이어져 온 역사의 산물임을 떠올리자 더없이 귀한 대접을 받는 기분에 마음이 겸허해졌다. 뭉근하고 진한 차에서 쌉싸래한 끝맛이 긴 호흡처럼 이어졌다. 마신 뒤에도 짙은 여운이 일었다. 몰두하게 되는 훌륭한 차 맛의 조건으로는 알맞은 깊이감과 흠씬 취할 만큼 진한 잔향이 중요하다. 이러한 요구 조건을 채울 만큼 훌륭한 차를 여유롭게 즐겼다.

창밖으로 올려다본 월출산의 높다란 능선, 그 중턱에 걸쳐져 있던 노을도 차만큼 인상 깊게 남아 있다. 내리뻗어 점점 짙은 색으로 하늘을 물들이던 노을은 찻잎이 투명한 물에 진하게 우러나는 순간의 고운 빛깔과 닮아 있었다.

다산 초당에서 협착한 길을 따라 오르내리면 백련사로 연결되는 오솔길이 나온다. 길지 않은 거리지만 흙바닥 위로 드러난 나무뿌리와 바윗돌로 인해 길이 험준했다. 하필 이날 구두를 신고 갔다가 나무뿌리에 걸려 넘어졌다. 그 바람에 바닥면에서 한쪽 굽이 떨어져 나갔다. 표면이 고르지 않은 흙길을 망가진 구두로 걷는 일이란 여간 쉽지 않았다. 반절 정도 붙어 있던 굽을 완전히 뜯어 버린 뒤 험준한 길을 걸어갔다. 동백 숲을 지나갈 땐 고혹적인 꽃들이 조금도 눈에 들어오지 않았다. 오로지 이 숲길을 빠져나가야 한다는 열의에 차서 걸음을 서둘렀다.

숙소에 도착할 무렵 어제 본 월출산의 노을보다 더 진한 색으로 하늘이 물들어 있었다. 사장님은 추레한 나의 상태에 놀란 표정이었다. 난 힘없이 웃으며 '구두를 신고 다산 초당에 오른 건 그리 좋은 선택이 아니었어요.'라고 말했다. 그녀는 편한 신발로 갈아 신는 게 좋겠다고 말하며 고무신 한 켤레를 건네주었다. 고무신은 발에 꼭 맞았다. 난 반나절 만에 허름해진 구두 굽에서 내려와 평화를 되찾았다.

"차 한잔 마시면서 한숨 돌려요."

사장님은 나에게 차를 권했다. 숙소에 온 날에도 처음 들었던 건 '차 한잔 드실래요?'라는 말이었는데, 오늘도 마찬가지였다. 이곳에서는 따뜻한 차를 나눠 마시는 일로 안부를 대신 묻는 게 아닐까. 요란스럽지 않게 하늘을 물들이는 노을처럼 차 맛은 점점 진해지다가 어둠이 드리워지는 하늘같이 흐려지고 옅어졌다. 난 고무신의 앞코가 바깥으로 향하도록 신발을 놓고 마루에 앉았다. 저무는 풍경을 보며 사장님이 건네준 차를 우렸다. 차가 알맞게 우러나는 시간을 알려 주는 모래시계에서 흰 모래가 천천히 쏟아지고 있었다. 난 쏟아지는 모래를 보며 차가 우러나는 삼분의 시간이 그리 짧지 않다고 느꼈다.

의외로 휴식 시간은 꼭 길어야만 하는 게 아닐지도 모른다. 차가 우러나는 짧은 시간에도 잊었던 숨을 깊게 들이마시고 내쉬며 막혔던 호흡이 트이는 해방감이 일어난다.

따뜻하게 데워진 다구를 손으로 만지며 평온을 느끼는 시간, 피로한 내벽 위로 따뜻한 물이 흘러 적셨다. 긴장이 풀리고 안도의 숨이 나왔다. 댓돌 위에 놓인 고무신도, 조용히 성장을 도모하는 텃밭의 식물들도, 따뜻하게 우러난 백차도 잘 어우러지는 한 폭의 그림처럼 여겨졌다. 피로가 침범하는 어떤 날, 잠시 숨을 돌리며 이 장면을 떠올리면 좋겠다고 생각한 늦은 오후였다.

강진의 차밭을
거닐었다.

이곳은 정말
차의 마을 같아.

여행 중 방문했던 장소에서
모두 차를 내어 주었다.

향기롭다···

처음으로 찻잎을 쪄서
빚은 떡차도 먹었다.

다산 선생이
강진에 유배됐을 때
떡차를 즐기셨어요.
이곳에서 제다법도
만드셨고요.

몇 번을 우려도
진한 맛이
유지되네~

그 어떤 인사보다
차 한잔 드세요 라는 말이 좋다.
고요히 음미하는 시간의 평화도.

제주

## 그 계절 제주

제주도는 계절마다 다양한 얼굴을 갖고 있다. 그 시기에만 볼 수 있는 정경이 도처에 즐비해서 아름다운 시기를 경험하려면 부지런히 둘러봐야 한다. 사계절 다양한 제주의 모습을 부담 없이 볼 수 있던 이유는 전적으로 제주도에 살고 있는 언니 덕분이었다. 언니를 만나기 위해 1년에 한두 번씩 제주도를 방문하는데, 올해는 여름에 다녀왔다. 볕 좋은 여름 제주는 아름다웠고 시선이 닿는 곳마다 역동적인 자유가 느껴졌다.

제주 여행 중 이틀째에는 언니가 자주 가는 숙소에서 머물 예정이었다. 차를 타고 비포장의 구불구불한 길을 따라 달려가자 수풀 사이에 '미로객잔'이라는 표지판이 보였다. 얼마간 숲길을 더 달려 목적지에 도착했다. 넝쿨과 이끼에 둘러싸인 건물은 수풀 사이에서 수줍은 보호색을 띠었다. 우거진 숲과 나무에 둘러싸여 있는 집의 형상은 프랜시스 버넷의 〈비밀의 화원〉을 연상시켰다. 버려둔 화원을 아름답게 가꿨던 레녹스와 벤 할아버지, 디콘의 모습이 떠오를 만큼 자연과 어우러진 이곳은 완벽한 휴식의 장소였다. 언뜻 보면 무심하게 쓰러져 있는 나무나 수풀이 질서 없이 자라난 것처럼 보이지만, 자세히 들여다보면 저마다의 균형과 조화를 이루고 있었다.

숙소 사장님이 애정을 담아 키운 꽃과 나무도 아름다웠지만, 이 공간을 평화롭게 만드는 데에는 동물 친구들의 존재감이 제법 컸다. 삽살개와 푸들, 귀찮음을 많이 타는 회색 고양이는 각자 좋아하는 구역에 자리를 잡은 채 손님들의 손길에 이따금 반응해 주었다. 서재 가득 꽂혀 있는 책 중 한 권을 골라 읽으며 잠든 고양이 등을 쓰다듬었다. 그사이 숨죽여 내리는 이슬비가 창문에 흔적을 남겼다. 여행에 대한 특별한 의무감이나 꽉 찬 일정 따윈 정해 두지 않은 오후, 늘어지게 자는 개와 고양이를 보는 것만으로도 기분이 좋았다. 녀석들의 끔뻑이는 눈과 숨소리, 흔들리는 꼬리의 움직임을 주시하다 지루해지면 편안한 자세로 고쳐 앉아 다시 책을 읽었다. 직사각형 형태의 창문으로 시선을 돌리자 푸르른 나무와 꽃들이 보였다. 차창에 빗물이 어려 있고, 수풀은 좀 더 싱그러운 느낌이었다. 고즈넉하고 신비로운 풍경은 20여 년 동안 제주(특히나 용오름)의 풍광을 사진으로 남기는 작업에 열중했던 김영갑 선생님의 작품과 겹쳐 보였다. 물기 어린 수풀은 짙푸른 초록을 띠고 있어 온 나무와 숲이 이끼로 뒤덮였다는 착각마저 일었다.

　숙소에서 쉬다 나와서 언니와 주변을 산책했다. 숲길을 걷던 중 느릿하지만 성실한 걸음으로 나아가는 달팽이와 마주쳤다. 난 꼬물거리는 생명체에 극도의 공포를 갖고 있어 뒤로 주춤 물러났지만, 제주 살이를 하며 여러 벌레를 경험한 언니는 의연했다. 늘 보던 걸 마주쳤다는 듯이. (집에 지네가 출몰해서 지네 퇴치 약들을 상비해 둔다고 했다.)

　"와, 나는 이런 곳에서는 살 엄두가 나지 않아."

　아직 영글지 않은 귤나무를 지나치며 나는 고개를 저었다. 고요한 적막 사이로 이따금 우리 둘의 대화 소리와 매미 울음만 들렸다. 버스 정류장이 있었지만, 이곳까지 운행할지 의구심이 들었다. 언니는 농담조로 해리포터의 9와 4분의 3 승강장처럼 또 다른 세계로 향하는 데 사용되는 정류장일지도 모른다며 웃었다. 난 적요한 전경에 탄식을 내뱉었다.

　"사장님은 답답하지 않으실까? 여행지로 머무는 건 괜찮지만 거주지로 계속 사는 건 무료할 것 같아."

　"사장님 부부는 서울에서 살다가 제주로 내려오셨으니까 오히려 이 적막이 편안하게 느껴지지 않을까. 제주에서도 제일 한적하고 인적 없는 곳에서 사시는 거 보면."

나는 시골 마을의 한적함이 지루했고, 익명성이 보장되지 않는 지방 도시의 분위기에 질려 서울로 왔다. 도시에 대한 로망을 버리지 못한 내 입장에선 이 조용한 동네가 답답하게 느껴지겠지만 세파에 지친 누군가에게는 안락한 쉼의 공간일 수도 있겠다.

"네 말대로 이곳의 고요함이 답답하게 느껴지는 시기가 오게 되면, 다른 곳으로 미련 없이 떠나실 분들이야. 대개 제주가 좋아서 이곳에 정착한 외지인들은 어디로든 향할 수 있는 사람들이거든. 서울에서 제주로, 제주에서 더 먼 외국으로. 그러니 이들은 꼭 제주도만을 고집하지 않아."

실제로 언니 주변 지인 중에는 제주도에 살다가 해외로 이민 가거나 다시 서울로 돌아간 이들도 많다고 했다. '어디로든 떠날 수 있다.' 그 말이 지닌 공기가 산뜻하고 가벼웠다. 새로운 세계로 떠날 수 있는 건 어디에서든 잘 살아 낼 수 있다는 내면의 믿음이 한곳에 얽매이지 않도록 용기를 건넸기 때문 아닐까. 내가 배워야 하는 건 어디로든 떠날 용기와 망설임 없는 실행력일 것이다. 작은 시도가 쌓여 무언가를 실천할 동력을 만들고 그 힘을 통해 더 나은 환경으로 나아갈 수 있다. 그러므로 한곳만을 고집할 필요는 없다. 지금 이곳에 정착할 수도 있고 언제든 다른 곳으로 떠날 수도 있다. 이건 비단 장소만의 문제는 아니며 관계와 일도 마찬가지다. 어떤 관계를 소중히 유지해 갈 수도 있지만, 서로 간의 방향성이 달라지면 거리를 두는 멀어짐도 필요하다. 같은 일을 반복적인 패턴으로 거듭하는 것에서 벗어나 다른 방식으로 움직일 수도 있어야 한다.

내가 경험한 세계가 판단의 기준이 되기에 그 범위를 넓히는 건 중요하다. 다양한 곳에서 여러 인연을 맺고 생활하는 건 나만의 시야에 갇히는 오류를 줄이는 데에 도움을 준다. 처음 서울 생활을 시작했던 시절, 경제적 여건이 뒷받침되어 떠나온 게 아니었다. 그저 떠나고 싶은 욕망이 열악한 상황에 대한 두려움보다 강하게 일었다. 이처럼 새로운 곳으로 향하려면 여러 이유를 덧대어서는 안 된다. 경제적인 어려움, 익숙한 집을 떠나는 움직임에 대한 망설임 등 평계를 더할수록 실행의 용기는 상실된다.

정체되어 한곳에 머물면 고이고 흐르지 못해 막히면 썩는다. 머뭇거리는 마음을 접고 막상 가 보면 기막힌 우연으로 새로운 세계를 만날 가능성이 높아진다. 길을 잘못 들어 방문하게 된 낯선 가게에서 훌륭한 요리를 맛보았을 때처럼, 멋진 우연들이 삶에 끼어들 틈을 조금씩 마련해 두어야 한다.

가고 싶은 곳에 한계를 두지 말 것.
물 흐르듯 자연스럽게 원하는 곳으로 향할 것.

언니와 이야기를 나누며 그런 생각이 들었다. 떠날 수 있는 사람이 원하는 곳에 정착할 수 있으며, 떠나야만 보지 못한 세계를 조우할 수 있다.

다음 날, 숙소를 나와 함덕으로 가는 길. 노을이 붉게 일다가 지평선 너머로 슬그머니 사라졌다. 그 찰나를 놓치지 않기 위해 차창에 시선을 고정했다. 곧이어 우거진 수풀을 지나자 푸른 바다가 눈앞에 펼쳐졌다. 올여름 제주는 어느 때보다 눈부셨다.

# 제주

## 다시 제주

제주도를 떠올리면 언니가 생각난다. 넓은 섬 전체를 아우르는 친밀감은 단지 그 지역에 언니가 산다는 이유만으로 성립되었다. 반면 나고 자란 고향은 언급하는 것 자체에 꺼림칙한 경계심이 일어난다. 자랑할 게 못 되는 이력처럼 난 고향을 싫어했다.

고립되어 변화가 없는 그곳에 남아 있으면 어쩐지 나도 비슷한 모양과 분위기로 낡아 갈 것만 같았다. 전과 다를 바 없는 일상의 연명이 전부인 곳에선 한결같은 게 다 좋은 건 아니라고 생각했다. 고향에는 애매하게 안면을 익혔지만 껄끄러운 사람들과의 기억이 즐비했고, 더 나은 방향으로 나아가고 있음을 시사하는 삶의 형태가 없었다. 간소한 인구 밀도와 달리 지나치게 많은 신축 아파트는 도심에 대한 어설픈 동경을 흉내 내듯 여겨져 우스웠다. 고향을 무조건적으로 해롭게 여긴 이유는 그곳에서 살던 과거의 모습을 투영하여 보았던 탓이다. 갇혀 있는 기분과 불만족스러웠던 나날이 그곳에 가면 되살아났다.

반면 서울은 자발적으로 내가 선택한 지역이었다. 이 도심에서 난 하고 싶은 일을 하며 전과 다른 미래를 그렸다. 실버 라이닝과 같은 희망을 발견한 서울의 중심부를 걸을 땐 내가 여기 있다는 사실만으로도 가슴이 뻐근해졌다.

어느 날, 언니는 나에게 여행하며 가 보았던 곳 중 살고 싶은 지역이 있느냐고 물었다. 그 질문에 대한 나의 답은 이러했다.

"더는 서울만을 고집할 필요는 없다는 생각이 들 만큼 호감을 느낀 지역은 있어. 그렇지만 혼자서는 떠나지 않아. 새로운 곳에서 같이 시작할 수 있는 사람이 필요해."

낯선 타지에서 기틀을 잡기 위해서는 같이 할 동료나 연인이 필요했다. 그런 존재가 부재했으므로 난 아직까지 서울이 나에게 최선의 장소라 여겼다.

오랜만에 만난 언니는 전보다 안색이 좋았다. 치열하게 고민하던 사안에 대한 결론을 정하고, 좋은 인연을 만나 안정적인 삶을 꾸린 것처럼 보였다. 난 언니의 긍정적인 변화에 안도하는 한편 부러움을 느꼈다. 부지런히 생활하며 좋아하는 일을 하고 있지만, 내 곁에는 아무도 없었다. 그때 처음으로 그런 바람을 품었다. 나에게도 덮어놓고 무조건 지지해 주며 언제든 곁을 내어 주는 남편이 있으면 좋겠다고. 일과 일상, 관계의 모든 면이 원하는 모양대로 기틀을 잡아 가는 언니를 보며 내 소망을 비쳐 보았다.

언니는 나와 많은 부분에서 달랐다. 나라는 사람은 도심의 편의와 익명성, 밤에도 꺼지지 않는 불이 마음의 공허를 채워 주었기에 그럭저럭 혼자 살 수 있었다. 그러나 연고 없는 섬에서 홀로 살면 불안의 색이 짙어져 청승맞게 울 것만 같다. 나와 달리 언니는 제주에서 생활의 불편과 외로움 따위를 본인 방식대로 원만히 잘 다루어 나갔다. 그 시기의 언니 또한 막연한 불안과 쓸쓸함에 힘겨운 날도 많았을 것이다. 그래서 더욱 지금의 가벼워진 얼굴과 미소가 보기 좋게 느껴졌다. 이런 가뿐함은 행복에 가깝지 않을까. 난 언니와 여유롭게 시간을 보냈다. 고운 모래 해변을 밟으며 산책했고, 레이첼이 꼬리를 흔들며 반기는 집에서 저녁을 만들어 먹었다.

제주에서의 마지막 밤, 이불에 몸을 깊숙이 묻고 조용히 나만의 동굴로 들어갔다. 몸은 분명 이곳에 있지만, 마음은 잡히지 않는 먼 곳에 있는 기분이었다. 난 무얼 원하는지, 어떤 것을 삶의 빈틈에 끼워 넣고 싶어 하는지 골똘히 궁리했다. 몇 번이나 혼자여도 괜찮다고 되뇌었지만, 바라는 미래 그림 속의 난 단신이 아니었다. 이십 대에는 서로가 헤매고 있을 적에 손을 뻗쳐 주는 친구가 삶의 동반자가 되어 줄 거라고 믿었다. 당시에는 연애가 선택 사항이라 믿었으니 조급하지 않았다. 어쩌면 사랑보다 우정에 대한 동경이 강렬해서 아쉽지 않았던 걸 수도 있다. 우정은 시간이 지날수록 권태롭게 변질되거나 애정의 소진으로 이별을 맞는 비운이 없다는 점이 마음에 들었으니까. 당시에는 주변에 있던 선배나 언니들이 결혼 상대를 만나기 위해 열과 성을 다하는 모습을 보며 의아했다.

막상 내가 그 시절의 언니들만큼 나이가 들자 그녀들이 결혼과 연애에 관심을 쏟는 이유를 이해할 수 있게 됐다. 친구나 동료 관계는 각자의 사정과 우선순위에 따라 멀어졌고 일상 전반을 함께하는 일도 불가능했다. 가령 결혼한 친구와의 만남은 성사조차 쉽지 않았다. 통화라도 할라치면 낮잠에서 깨 버린 아이의 칭얼거림에 '미안 아기가 깨서. 다음에 연락할게.'라는 말이 돌아왔다. 가까웠던 단짝도 결혼하거나 애인이 생기면 우선순위가 바뀌었고 바쁜 생활로 인해 서로에게 소원해졌다. 나를 포함하여 많은 어른이 연애와 결혼을 하는 건 누군가와의 지속적인 관계를 갈구하기 때문이다. 곁에서 선뜻 손 내밀어 줄 존재가 있는 건 일상 전반을 지지하는 투명하지만 견고한 지지대가 되어 준다.

연애나 결혼 상대를 찾는 일을 시시하게 여겼던 시절의 발상은 미숙한 경험에서 이어져 온 오만임을 뒤늦게 시인한다. 삼십 대의 나는 전과 달리 친구가 아닌 애인이나 남편을 원한다. 물론 곁에 누군가 있더라도 나의 외로움과 슬픔을 책임져 줄 수 없는 걸 알지만, 우리가 원하는 건 문제의 해결보다 이해받는다는 안도일 때가 더 많지 않던가. 난 혼자라고 느껴지는 날에 '그렇지 않아.'라고 말해 줄 누군가를 원한다. 난 내 삶에서 부재하지만 간절하게 갖고 싶은 것들에 몰입하여 심각해지거나 '혼자여도 괜찮아.'라고 말하며 태연자약해지려는 노력은 굳이 하지 않는다. 마음의 우울이나 쓸쓸함이 휩쓸고 지나간 자리에서 이 감정을 응시할 뿐이다. 시간이 흘러 새로운 인연을 만들어 관계가 시작될지도 모를 일이니까. 언니가 그러했듯, 혼자인 시간 뒤에 같이하는 시간도 생기기 마련이다.

좋은 것을 보고 아름다운 것을 공유할 존재를 바라는 건 자연스러운 감정이다. 내 영혼이 마음껏 응석을 부려도 좋을 만한 누군가를 만날 미래를 그리되, 혼자만의 일상도 원만히 꾸려 나가자. 누군가가 있어야만 느끼는 행복은 상대를 잃었을 때 쉽게 사라진다.

## 여행 후 더 좋아질
## 나의 집 그리고 일상

여행이 끝난 뒤 집에 오면 익숙한 공간에 배인 체취에서 안도한다. 그 향은 무미한 생활에 감도는 평범한 것이라 평소에는 의식하지 못한다. 안도감의 중심부에는 언제든 돌아올 곳이 있다는 것에 대한 평안이 골고루 채워져 있다. 이 감정이 일종의 카타르시스처럼 느껴져 떠날 일을 자주 만들어야겠다고 생각한다. 무사히 돌아왔다고 고백할 정도로 대장정을 다녀온 게 아닌데도 일상으로 복귀했다는 점에 대한 안도와 여행의 끝을 떠올리며 느끼는 아쉬움은 비슷한 무게감을 갖는다.

불현듯 휘몰아치는 피로는 떠나기 전날, 정리해 둔 흰 침대보를 보자마자 밀려온다. 아무도 밟지 않은 눈밭처럼 말끔한 침대로 돌진하며 집에 돌아왔음을 실감한다. 낯선 도시의 풍경, 그곳에서 사람들과 나눈 대화가 네온사인의 불빛과 같이 어른거린다. 기분 좋은 피로가 엄습하면 내일부턴 또 어떤 글을 쓸지 머릿속으로 정리해 본다. 구체적으로 정한 건 없지만 자유롭게 구상하여 상상의 안감을 덧대는 일, 경험하고 느낀 것을 당장 기록하고 싶은 의욕, 다음에는 어디로 향할지 계획하는 설렘 등 다양한 감정이 교차한다.

일상에선 온통 끌어당기는 힘밖에 없다. 발산할 힘이 작용하기 어려운 건 현실에 발붙이고 살아가도록 당기는 인력이 강하게 작용하는 탓이다. 여기서 말하는 삶을 끌어당기는 인력에는 여러 가지가 있다. 생활 유지를 위한 경제 활동, 매일 주어지는 업무와 역할에 따른 의무 같은 것들. 이러한 힘이 강하게 작용하면 다른 곳으로 나아갈 여유가 사라진다. 여행은 나를 당겨서 한자리에 발붙이게 만드는 힘을 약화시킨다. 현실에 매여 다른 방향으로 나아갈 여유를 갖지 못할 때, 넉넉한 빈틈을 만들어 주는 여정은 일종의 척력과 같다. 왜 그리도 뻣뻣하게 군은 채 떠날 엄두를 못 냈는지 지난 시간을 돌이켜 보면 아쉬움이 남는다.

20대 때, 친구들이 배낭여행이나 워킹 홀리데이를 떠나는 걸 보며 난 그런 꿈조차 갖지 못했다. 그 모든 원인은 충분하지 않은 돈과 시간의 부족 때문이라 치부했다. 친구나 동료의 여행 후기를 들으면 경제 사정이 넉넉하니 어딘가 떠날 궁리도 하는 거라 여겨 시샘했다. 난 그들과 달리 매달 부여되는 월세

와 각종 납입금이 연체되지 않는 일에 최선을 다하는 게 삶의 큰 목적이었다. 친구들은 떠났고 난 한곳에 머물렀다. 내가 떠나지 못한 건 떠나고 싶은 간절함이 없었던 탓이다. 여행을 가고 싶은 사람은 떠날 준비를 한다. 하다못해 여행 경비를 마련하려 돈을 모으고 구체적인 계획을 짠다.

풍족한 경제력과 느긋한 여유 덕에 최저가 항공권을 검색하는 데에 힘을 쏟지 않더라도 제일 빠르게 출국하는 피렌체행 비행기를 탈 수 있는 사람이 몇이나 될까. 이탈리아 도심에 위치한 카페에서 진득한 핫초코를 먹는 일이 동네 빵집을 찾는 일만큼이나 수월한 이들은 많지 않을 것이다. 그런 여유가 없더라도 떠날 수 있다는 걸 당시에는 몰랐다. 가고 싶은 곳을 가고, 보고 싶은 걸 보기 위해 최소한의 시간과 비용을 스스로 확보할 수 있어야 한다. 무리하지 않으면 결코 떠날 수 없다는 것을 여행 한 번 못 가고 흘려보낸 이십 대 시절을 돌아보며 깨달았다.

다음 날, 희미하게 앉은 집안의 먼지를 쓸고 빵을 사러 나섰다. 빵집의 위치는 눈을 감더라도 찾는 게 가능할 만큼 익숙한 위치에 있었다. 나의 집, 나의 침대, 일주일에 서너 번 이상 먹는 익숙한 맛의 빵. 이곳에서 나는 안락함을 느낀다. 여행을 끝낸 뒤 본래 자리로 돌아오면 새삼 이전의 경험들은 기억의

서고에 층층으로 쌓인다.

'돌아오니 좋네. 멋스러운 숙소도 좋지만, 이 집도 좋아.'

난 정돈된 방을 둘러보며 중얼거렸다. 새로운 곳에서 느껴 보지 못한 생경한 감각이 일어나는 것도 좋지만 익숙한 것들 사이에서 소중함을 떠올리고 실감하는 부분도 중요하다. 오랜 시간 여러 곳을 두루 다니게 되더라도 결국 이곳은 다시 돌아와야 할 나의 자리니까.

'여행'이란 낯선 장소에 나 자신을 체스판에 말처럼 놓아 두는 일이다. 난 어느 지점으로 향할지 고심하는 일의 즐거움을 뒤늦게나마 알게 되었음을 다행이라 여긴다. 내가 어느 방향으로 가기를 원하고 어떤 광경에 감탄하는지, 누구와 떠날 때 즐거워하는지를 풀어 두고 지켜본다. 다양한 여정을 통해 짓눌렀던 오랜 무력감에서 벗어날 수 있었다.

"이번에는 어딜 갔어?"

오랜만에 연락한 친구가 물었다. 난 차분하게 광안리 바다의 풍경을 찍어 전송했다.

"날씨가 좋아서 바다 보러 왔어."

친구는 웃으며 답지 않게 요즘 방랑벽이 생긴 것 같다고 말한다. 난 늦바람이 분 것 같다고 말하며 따라 웃었다.

"있잖아. 나 요즘은 혼자 버스나 기차를 타고 다니는 게 좋아. 진작 좀 올 걸 그랬지. 시시한 삶이 싫다면서 시시한 일만 하기 바빴어. 난 떠나지 못한 게 아니라 떠날 마음이 없던 거야. 뒤늦은 고백이지만 여행할 돈이나 시간이 없다는 건 핑계였어. 진짜 제주도의 흐드러지게 핀 유채꽃이 보고 싶었다면, 버스커버스커의 '여수 밤바다'라는 가사의 밤바다를 보며 그리운 누군가에게 전화를 걸고 싶었더라면 이미 다녀왔겠지. 가타부타 핑계 대지 않고. 가 본 뒤에 알겠더라. 이제 난 어떤 거리나 골목에서 봤던 풍경과 사람이 그리워. 한 번 더 머물고 싶은 공간, 한 번 더 눈에 담고 싶은 경치, 이따금 생각나는 사람이 생겼어."

웬만해선 감동할 일이 거의 없는 어른에게 여행은 분명 즐거운 놀이가 된다. 그 놀이를 통해 과열된 자신을 제동시킬 수 있다. 단조로운 일과에 여유와 쉼이라는 윤활유를 보충하자 빠각거리던 일상의 바퀴가 부드럽게 돌아가기 시작했다. 천천히 내가 원하는 속도와 방향으로.

**Epilogue**
어디든 가야 한다


경제적, 시간적 여력이 없다는 핑계로 떠나는 일은 덮어 두고 체념했던 지난날, 동떨어진 미래에나 가능할 거라 여겼던 여행을 가야겠다고 결심한 건 단순한 이유다.

Y는 일본, 남미, 말레이시아 등 여러 나라를 다녀왔다. Y가 겪은 경험에 대해 들으면 고루한 일상이 잊히고 가슴이 뛰었다. 떠날 엄두를 내지 못했던 나와 달리 용기 있게 떠나는 그녀를 보며 완루한 생각을 바꿀 수 있었다. 당장 주머니 사정이 마땅하지 않다면 가까운 곳으로 짧은 여행을 떠나면 된다고 Y는 말했다.

"금전적 여유가 생기면 시간이 없고, 시간적 여유가 풍족하면 돈이 부족해서 못 가는 게 여행이야."

친구의 말마따나 모든 부분이 충족된 시기만 기다린다면 평생 떠나지 못할 것이라는 위기감이 들었다.

허락된 여건을 충족시킬 만한 곳을 정한 뒤 가벼운 배낭을 둘러메고 향했다. 누군가와 함께 일 때도 있었고 홀로 무작정 향한 적도 있다. 짤막한 여행을 통해 느낀 점은 내가 전부라고 생각한 세계가 정형화된 정답이 아니라는 것. 어줍은 발걸음을 내딛는 여행지가 어떤 이에게는 일상적 공간일 수 있으며, 나에게는 따분하게 느껴지는 환경도 누군가에게 신선하고 낯선 곳이 될 수 있다.

영화와 책을 통해 접하는 것과 달리 실제 세계를 오감으로 체험하는 일은 훨씬 더 생생했다. 난 당장 내가 볼 수 있는 풍경과 즐거운 경험을 놓치지 않기 위해 버스나 기차를 탔고, 때론 걸었다. 그렇게 보고 체험한 것들을 모아 글로 엮었다. 그 순간에 느꼈던 기쁨과 즐거움, 만족을 잊지 않기 위하여.

우리 주변에는 흘러가는 생활을 자유롭게 살아가는 사람이 있는 반면, 정해진 일정에 끌려다니는 이들도 있다. 난 후자에 가깝지만, 이번만큼은 내 목을 옥죄고 있던 의무와 제약을 느슨하게 풀었다.

그간 가고 싶었던 곳을 중심으로 계획을 짜고 틈나는 대로 시간을 내어 향했다. 당일치기로 다녀온 지역도 있고, 며칠간 머물렀던 마을도 있다. 고대했던 절경과 새로운 사람을 만나고, 궁금했던 음식을 맛보며 즐겼다. 이전과 달라진 게 있다면 일상으로 돌아와도 임박한 생활에 대한 부담과 아쉬움보다는 앞으로의 도정에 대한 기대가 생겼다는 것이다. 나에게 여행은 더 이상 장황한 계획과 충분한 비용을 축적해야 갈 수 있는 일정이 아니다. 단지 조금 먼 곳으로 향하는 일이 긴 산책처럼 예사롭게 여겨진 뒤로 '자, 다음은 어디로 갈까?'라는 질문이 마음 중심에 돛단배와 같이 띄워졌다.

그간 조급한 성미 탓에 다음으로 이어질 전개를 미리 생각하고 대비할 여유가 없었다. 급하게 움직이지 않아도 되는 걸 알지만, 뜨거운 팬 위의 콩 볶듯 빠르게 해내야 직성이 풀렸다. 요란하게 성급한 모습을 되돌아보며 생각한 바, 나란 사람은 마음과 생각이 이어지는 거리가 남들보다 더 짧은 게 아닌가 하는 의문을 품은 적도 있다. 물론 이런 태도가 나쁘다는 건 아니다. 여러 이유를 들어 포기하는 일 없이 별안간 행동하고 있다는 점에서 긍정적인 면도 있다.

경험을 통해 수확한 지혜를 신뢰하는 편이다. 봉착한 어려움을 해결하며 얻은 것들이 다음 시점에선 자신을 과단성 있는 어른으로 길러 준다. 결단과 확신, 명확한 판단이란 실패의 경험에서 자라며 최후에는 이전과 다른 선택으로 나은 결과에 도달하게 된다. 이 여행도, 행동하고 움직이는 기질 덕에 겁 없이 시작할 수 있었다. 그 경로에서 웬만하면 타인에 대한 경계를 쉬이 풀지 못하던 내면을 열고, 한 권의 책만큼 강렬한 배움을 나눌 수 있는 사람들을 만났다. 그 경험과 대화를 통해 알맞은 속도와 방식으로 정성스럽게 자신을 키워 가는 중이다. 여러모로 떠나는 일은 신경 써야 할 게 많지만 준비하는 동안에도 내내 즐거웠다. 고준한 길도 기꺼이 향할 수 있는 이유는 가고 싶은 방향이었기 때문이다. 덕분에 난 성한 곳 없이 지쳐 있던 마음을 부드럽게 단련하는 경험을 쌓아 갈 수 있었다.

# 내향적이지만 집순이는 아닙니다

**1판 1쇄 인쇄** 2023년 11월 13일
**1판 1쇄 발행** 2023년 11월 17일

**지 은 이** 라비니야

**발 행 인** 정영욱
**편집총괄** 정해나
**편   집** 박소정
**디 자 인** 차유진

**펴낸곳** (주)부크럼
**전   화** 070-5138-9971~3 (도서기획제작팀)
**홈페이지** www.bookrum.co.kr
**이메일** editor@bookrum.co.kr
**인스타그램** @bookrum.official
**블로그** blog.naver.com/s2mfairy
**포스트** post.naver.com/s2mfairy

ⓒ 라비니야, 2023
ISBN 979-11-6214-459-6 (03800)